京城のダダ、東京のダダ

高《コ》漢容《ハニョン》と仲間たち

Nagi Yoshikawa
吉川 凪

平凡社

京城のダダ、東京のダダ＊目次

序章　ダダと名乗った男

一九二〇年代、日本で言うと大正の末ごろの〈京城《けいじょう》〉すなわち現在のソウルに、〈高《コ》ダダ〉と名乗る朝鮮人がいた。本名は高漢容《コハニョン》、日本語読みでは「こう・かんよう」となる。高橋新吉の年譜に、次のような記述がある。

　大正十三年七月、小説『ダダ』刊行。八月、韓国に遊ぶ。高漢容を知る。（『高橋新吉詩集』）

辻潤の年譜にも高漢容は登場する。同年十二月。

　朝鮮の高漢容という青年に招かれて渡鮮、京城に遊ぶ。（高木護編『辻潤全集』別巻）

日本の代表的ダダイストである辻潤と高橋新吉の二人は、いずれも高漢容に招かれて一九二四

（大正十三）年に朝鮮を訪れているが、高漢容については今までほとんど知られていなかった。この謎の人物について最も詳しい記録を残しているのはアナキスト詩人秋山清で、二六年に高が恋人雪子の跡を追って東京から九州に旅立つ直前、最後に辻潤とともに三人で酒を酌み交わした時のようすや、その後宮崎に高を訪ねて行った時のエピソードなどをエッセイに綴っている。しかしその秋山も二七年一月以降は高との連絡が途絶えた。それから五十年近い歳月を経た七四年、高橋新吉は高漢容がソウルから送った手紙を受け取ったと記している。しかし、高漢容の詳しい経歴については誰も書いてはいない。

一方韓国の近代文学研究者の間では、高漢容が本名で、あるいは〈高ダダ（고따따）〉（原語ではコ・タタと濁らずに発音するが、これは当時の韓国でダダがタタと表記されたためである。日本語表記は、分かりやすく高ダダとした）というペンネームを用い、朝鮮の新聞や雑誌にダダを紹介した〈朝鮮最初のダダイスト〉であるという程度のことは知られていた。だが韓国ではもともとダダに興味を持つ人が少なく、高漢容についてまともに調べた人もいなかったし、名前を知っている人もたいていの場合、高漢容が高漢承《コハンスン》（一九〇二―四九？）と同一人物だと考えていた。

高漢承は東京に留学した朝鮮人学生たちが一九二三年に結成した児童文学研究会〈セクトン会〉に参加し、雑誌『オリニ』（この当時つくられた言葉で、「子供」の意。直訳すると「幼い人」。子供の人権を守ろうという主張がこめられている）の初期から活躍した児童文学者だ。二七年には韓国最初の創作童話集『虹』を刊行している。解放後には『オリニ』を復刊して編集を担当した。また、二一年ごろから学生劇運動の推進者の一人として演劇の脚本を執筆、自ら主役俳優として舞台に上がり、朝鮮巡回公演も行った。その他にも〈文人劇〉を企画したり〈ラジオドラマ研究会〉を結成したりして多方面で精力的に活動した人だが、太平洋戦争末期に戦闘機の部品をつくる軍需工場を建てるなどの〈親日行為〉があって、戦後は〈親日派〉のレッテルを貼られてしまった。そのためあまり研究や評価の対象にはされず、長く忘れ去られてきた人物だ。数年前に、ようやく作品集が出された。

しかし、高ダダ＝高漢容（一九〇三―八三）は高漢承と同じ開城《ケソン》の出身で同じ済州《チェジュ》高氏に属する、いわば遠い――イトコなどという程度ではなく、ずーっと遠い――親戚に当たる別人物である。外見からしても、高漢容はすらりとした細面の美青年であったのに対し、高漢承は背が低く顔も身体もずんぐりとして、対照的だ。性格も、高漢容がどちらかと言えばおとなしく穏やかな人物だったのに比べ、高漢承は極めて活発で社交的な人だったようだ。

高ダダ＝高漢容の遺族は、おじいさんが若かりし日にダダイストだったという事実を、少し前まで全く知らなかった。私が高ダダについて韓国の雑誌に書いた文章を見てメールをくれたのは、高漢容の長女の長女すなわち孫娘の朴素玄《パクソヒョン》さんだったが、連絡がついたのが二〇一二年の三月末、ちょうど高漢容の二度目の妻が亡くなった直後だったため、葬式の席では親戚一同、この話題で沸騰したそうである。「あの、もの静かなお父さん（またはおじいさん）がダダイストだったはずはない！」と。

論議の末、一族は事実を素直に受けとめようということで意見がまとまり、今では自分たちも知らなかった父（または祖父）の若い頃の話を掘り起こすべく、一致団結して努力しているという。

朴素玄さんからのメールによれば、「わたしたちは皆、ダダイストだったおじいさんのことが大好きで、誇りに思っています」とのことだった。

ともあれ遺族の協力により、ダダをやめた後の高漢容の足取りについてもおおよそのことが明らかになるにつれ、高ダダ氏の交友関係が意外に広く、高橋新吉や辻潤、秋山清といった日本のダダイスト、アナキスト以外にも、さまざまな重要人物と交流があったことが分かってきた。たとえば、馬海松《マヘソン》（一九〇五―六六）という人がいる。日本では〈ま・かいしょう〉と名乗っていた。文藝春秋社に入社して菊池寛に可愛がられ、その後独立して雑誌『モダン日本』をヒットさせた人物だ。東京で成功を収めた朝鮮出身の文化人は、当時としては珍しかった。馬海松はまた、恩師菊池寛の秘書で愛人でもあった佐藤みどり（これはペンネームらしい）と恋愛して三角関係に陥ったりもしている。猪瀬直樹の小説『こころの王国――菊池寛と文藝春秋の誕生』と、これを映画化した『丘を越えて』（高橋伴明監督、二〇〇八年。小説とはやや設定を変えている）の中での馬海松は、スマートなモダンボーイだった。映画では菊池寛を西田敏行が、馬海松は西島秀俊が演じた。

この馬海松が、高漢容とは同郷の幼なじみで、よく家に遊びに来ていたそうだ。彼は太平洋戦争末期に朝鮮に帰国した。現在の韓国においては、もっぱら児童文学者として知られているが、韓国でよく見る写真の中の馬海松は中年以降の頭髪の薄いオジサンであるため、かの地では二枚目のイメージはない。

また、馬海松が編集手腕を振るった『モダン日本』は知的かつ洗練された総合雑誌で、夭折したダダイスト吉行エイスケの長男淳之介（一九二四―九四）の愛読誌であった。太平洋戦争末期、馬海松は敗色濃い東京に見切りをつけて帰国してしまい、その後しばらくは牧野英二が社長代理を務めた。英二の兄で『文藝春秋』に短篇小説を発表していた作家牧野信一と馬海松は、親友だった。吉行淳之介は東京大学英文科在学中の一九四七年に牧野英二のもと、『モダン日本』でアルバイトを始め、やがて大学を中退して正式に入社（当時の社名は新太陽社）し、新雑誌の編集長になっている。その後小説家として名を上げた淳之介には、父の友人であった辻潤の晩年の姿をスケッチしたエッセイもある。

〈半島の舞姫〉と呼ばれた不世出の舞踊家崔承喜《チェスンヒ》（一九一一―六九？）の名は、日本でもよく知られているだろう。当時は〈さい・しょうき〉と呼ばれ、日本の化粧品の広告などにも登場する大スターだった。朝鮮の伝統舞踊を採り入れた彼女のモダンダンスは川端康成など多くの文化人から賞讃された。崔承喜はさらにヨーロッパやアメリカなど海外公演まで果たし、世界にその名を轟かせている。

戦後は夫である評論家安漠《アンマク》（このペンネームは承喜の恩師石井漠にちなんだもの）とともに北に行き、舞踊研究所をつくって弟子を育てていたが、六七年に粛清されたと伝えられる。北朝鮮は二〇〇三年になって突然、崔承喜の名誉を回復し、六九年に死亡したと発表したものの死因などは明らかでない。承喜を石井漠に入門させた兄崔承一《チェスンイル》は作家であり、後に京城放送局に勤め、韓国最初の放送プロデューサーになった。この崔承一と高漢容、辻潤に接点がある。

育種学の大家、農学博士禹長春《ウジャンチュン》（一八九八―一九五九）と言えば、韓国では〈近代農業の父〉として教科書にも載り、子供でも知っている偉人である。彼は閔妃《ミンビ》事件に関与した軍人禹範善《ウボムソン》を父、日本人女性を母として広島で育ち、東京帝国大学農科大学実科を卒業後、農林省やタキイ種苗で研究した。戦後は韓国に渡って野菜の品種改良に没頭した。今の韓国で大根、白菜、ミカンなどを存分に食べられるのは禹長春のおかげと言って過言ではない。高漢容はこの人と親しかったらしい。

また、日本で活動したアナキスト朴烈《パクヨル》（一九〇二―七四）は妻の金子文子とともに天皇・皇太子暗殺を謀ったとして死刑判決を受け、日本現代史に鮮烈な足跡を残した人物だ。戦後は在日本居留朝鮮民団の初代団長などを務めた後、韓国に帰ったが、朝鮮戦争の時に北に連行され、一九七四年に死去した。高漢容との関係で言えば、高漢容の親友であった韓吉《ハンギル》という人物が、朴烈が結成した不《ふ》逞社《ていしゃ》のメンバーであった。韓吉は七四年にソウルで行われた朴烈追悼式に出席し、やはり不逞社に属していた栗原一男と再会して旧交を温めている。高漢容もおそらく朴烈と面識ぐらいはあったかと思われるが、高漢容自身が不逞社にかかわった形跡はない。

その他、韓国で名高い人物として、韓国児童文学の基礎を築いた方定煥《パンジョンファン》（一八九九―一九三一）、韓国の美術品・文化財を収集したことで知られる全鎣弼《チョンヒョンピル》（一九〇六―六二、そのコレクションは現在ソウルの澗松《カンソン》美術館に展示されている）も高漢容の親しい友人だった。

さらに驚くべきは、高漢容の生家である。屋敷は高漢容の若い頃に人手に渡ったらしく、また開城は現在北朝鮮の領域にあるため文書で確認することはできないのだが、高一家の住まいであった屋敷は後に料亭「来鳳荘《ネボンジャン》」となり、朝鮮戦争の停戦協定の際に国連軍と北朝鮮軍の会談場所として使われたという。全世界が固唾《かたず》を呑んで見守っていた歴史的な会談が、高ダダ氏の生家で展開されていたわけだ。

韓国文学におけるダダは、高漢容＝高ダダが朝鮮の雑誌『開闢《ケビョク》』一九二四年九月号に「ダダイスム」を発表した時に始まり、二六年末ごろ、彼がダダを放棄した時に終わったと言ってよい。すなわち、わずか二年ほどしか続かなかった韓国のダダの、ほとんどすべての部分を代表する人物が、まさに高漢容なのだ。韓国においてダダは芸術運動になりもしないうちにあっけなく終わってしまったとはいえ、韓国近代文学を代表する鄭芝溶《チョンジヨン》、朴八陽《パクパリャン》、呉章煥《オジャンファン》、林和《イムファ》、李箱《イサン》などの主要な詩人たちは――後には否定するにしても――ダダから少なからぬ影響を受けている。二〇年代初めの文学青年たちは、言わばハシカにかかるようにしてダダの季節をくぐり抜けた。その影響の広さと深さを正確に測ることはできないものの、ダダは時に、彼らの内面を大きく転換させるきっかけになった。

韓国の代表的な作家たちは、高漢容の招待によって一九二四年に京城を訪れた辻潤を歓待し、好意と関心を示した。また、詩人徐廷柱《ソジョンジュ》は三九年、朝鮮を訪れた高橋新吉に会って親しく語り合った。彼の弟も新吉を尊敬しており、四三年ごろに彼の家を訪ねた。それが縁で、新吉はその少年が出た後の下宿に移り住んだりもしている。

だが戦後、韓国の文学研究者はダダにあまり関心を示さなかったし、高漢容も一九二六年ごろには筆を折り、ほとんど忘れ去られた存在となっていた。そもそも高漢容は偉大な小説家でも詩人でもなく、新聞や雑誌に寄稿したダダ紹介文が残っているぐらいだ。小説も少しは書いたらしいが、現在のところ見つかってはいない。しかし彼は一時期、辻、高橋、秋山といった日本のダダイスト、アナキストたちと同じ時代の空気と思想を共有する仲間であった。植民地時代に青少年期を過ごし、基礎的教養のかなりの部分を日本語書籍によって培った朝鮮の文学青年と、日本の文学青年との間にあった心理的距離感は、おそらく今のわれわれが想像するより、はるかに近い。

本書の副題「高漢容と仲間たち」の〈仲間〉は、直接彼と交友があった人たちだけではなく、広く同時代に生きた人々――有名無名を問わず――をも意味している。これから高漢容と一緒に開城、京城、東京、九州、そして戦後のソウルにダダ的散歩を試みよう。辻潤や高橋新吉に関する、あまり知られていないエピソードもあるし、それ以外にも、とてつもなくおもしろい人たちに、たくさん出会っていただけるはずだ。

原文が朝鮮語の引用文は、特に注記がない限り、筆者が日本語に翻訳したものである。引用文中の■は、雑誌や新聞の紙面が劣化して文字の判読が不可能な部分、あるいは文字は読めるがどうしても意味の取れなかった部分を示している。高漢容のエッセイは読みやすいように意訳してあるが、原文（朝鮮語）を確認したい方は、韓国の国史編纂委員会が運営する韓国史データベース（http://db.history.go.kr/）で検索していただければ、簡単に当時の新聞紙面を見ることができる。ただし、このデータベースでは雑誌『開闢』の記事は入力し直して提供されており、これに関しては残念ながら入力ミスが多くて役に立たない。

高漢容が朝鮮語に訳してエッセイに引用した辻潤の文章は、それと確認できるものは『辻潤全集』の表記になるべく沿うよう努めた。

原文が日本語の引用文については、漢字の旧字体は常用漢字の字体に改め、詩作品以外は原則として旧仮名遣いを現代式に改めた。引用文および訳文中においては、原注を（　）で、引用者または訳者による改変と注記を〔　〕で示した。

国の名称に関しては、戦前の話をする時は主に朝鮮（あるいは朝鮮人、朝鮮語）という言葉を使用し、大韓民国成立以後は韓国というふうに便宜的に使い分けている。

この評伝の執筆・出版に当たっては、韓国の大山《テサン》文化財団の支援を受けた。

第一章　ダダ以前

商都、開城

高漢容《コハニョン》の本貫《ほんがん》（氏族の始祖が発祥した場所で、姓とともに記す）は「済州高氏《チェジュ》」だから、遠い先祖は済州島から来ているはずだが、高漢容自身の出身地は開城である。開城《ケソン》は南北の軍事境界線上にあり、現在は北朝鮮の一部となっている。一九三四（昭和九）年度の『朝鮮年鑑』によれば、開城府は「京城から北行約七十三キロ、国際列車で僅々一時間余」の所に位置し、高麗人参の主産地であり、富裕な商業地であった。二〇〇三年からは郊外に開城工業団地という経済特区が設けられて韓国企業が進出し工場などを運営しているためニュースにもたびたび登場する、おなじみの地名だ。

高漢容の実家はこの開城に広大な土地と立派な邸宅を所有する、近隣に名の知れた金持ちだった。庭の池で、冬はスケートができた。京城にも家があったという。身分としては下級両班《ヤンバン》だが、もともと開城の人々は朝鮮王朝成立以来、官僚としての出世に重きを置かない。

五百年もの長きにわたって高麗王朝（九一八―一三九二）の首都として栄え、松岳《ソンアク》あるいは松都《ソンド》と呼ばれた古都開城も、高麗が滅び朝鮮王朝（日本で言う李朝）の時代になると衰退せざるを得なかった。しかし政治的な出世の道を閉ざされた高麗の遺臣たちは商業に活路を見出し、開城は商業都市として生まれ変わる。〈開城商人〉は全国各地を行商し、また金貸しをして富を蓄えた。開城商人には独特の取引方法があり、〈開城簿記〉は西洋式の簿記に劣らないほど優れていた。

仏教を保護した高麗を倒して以来、李氏の朝鮮王朝が仏教を抑圧したはずなのに、開城人は相変わらず仏教信心に熱を上げ、莫大な富をバックに清潔で閉鎖的な都市を築いて暮らした。開城の人々の、「李朝がなんぼのもんじゃい」というプライドの高さと閉鎖性は、日本で言えば京都人のそれに匹敵しよう。行商するようすは近江商人にも似て、富栄えること堺の大商人のようであった。

一九二二（大正十一）年九月発行の雑誌『開闢《ケビョク》』に朴達成《パクタルソン》が寄せた「内外面から見た開城の真相」によれば、開城駅を降りた人は松岳山《ソンアクサン》が前に、龍岫山《ヨンスサン》が後ろに立ちふさがっているため妙に息苦しい感じを受けるという。鉄道公園を通り過ぎて道路に入ると、総督府専売局の出張所である参政局がある。開城名物高麗人参を扱うところだ。南門通りの大きな門楼には、高麗時代の大きな鐘がかかっている。名所としては観徳亭《クァンドクジョン》、善竹橋《ソンチュクキョ》、満月台《マノルデ》、彩霞洞《チェハドン》、大興山城《テフンサンソン》、朴淵《パギョン》の滝、華蔵寺《ファジャンサ》などが知られている。

開城の人口は三万七千六百人、うち日本人が千三百人。戸数は八千三百余り、うち日本人の戸数が三百、その他外国人が二十余り。人口から見ると京城、釜山、平壌、大邱に次ぐ都会であるにもかかわらず、外国人の比率が異様に少ない。

学校としてはキリスト教系の松都高等普通学校、松都普通学校、好寿敦女子高等普通学校、好寿《ホスドン》敦普通学校、美利欽《ミリフム》女学校、日本の浄土宗が経営する開城学堂がある。その他に貞和《チョンファ》女学校と官立商業学校があり、公立普通学校が市内にのみ三つある。都市の規模に比して学校の数は少なく、京城の学校に進む者も多い。日本に留学している学生の数がおよそ四十人と比較的少ないのは、経済的に難しいことと、「新青年の新覚醒」（抗日意識の高まり、という意味らしい）が大きな原因だという。キリスト教の勢力は西洋人の努力がなければ消えてしまいそうなほど弱いし、他の宗教には耳を傾けもしないが、高麗の遺風のせいか、熱心な仏教徒はたくさんいる。

開城人は沈着冷静でぬかりがなく、しぶといので、失敗するということがない。外部の人に対して心を開かず、計算高い。金銭に関しては人に頼ることをせず、よそで儲けた金を持って帰ることはあっても、開城の金を他の地方で使うことはない。毎年正月には風呂敷包みとそろばんを持って黄海《ファンヘ》、忠清《チュンチョン》、江原《カンウォン》などを回り、金貸しや貿易、雑貨販売などの商売をして年末に開城に帰る。外国人から物を買おうとしないから、外国人が開城で商売をするのは難しい。朴達成は、「ともかく朝鮮人すべてが開城人のようであれば、着るもの食べるものに不自由はしないだろう」と述べている。また、近年では減りつつあるものの、早婚の風習が根強く残っていて、四、五歳の子供を婚約させ、八、九歳で結婚させることが多いという。そして、開城は京城や平壌と鉄道でつながっていて交通は便利だが、山に囲まれ平野が少ないので発展しそうにない、と結論づけている。

かなり嫉妬と偏見が混じっていそうなレポートではあるが、開城商人が商売上手で金持ちだというのは、一般に流布したイメージであったようだ。岡本嘉一という日本人が一九一一（明治四十四）

年に出した『開城案内記』（開城新報社、一九一二）にも、「現今一万円以上の資産ある者優に二百を越え〔……〕独り開城市民のみ別段の困難を訴うる者なく〔……〕」と、開城がすぐれて豊かな都市であることを語っている。

早婚の風習は開城だけでなく朝鮮全土にあったもので、そのために日本の大学に留学する朝鮮人学生も妻帯者が多かったが、それにしても八、九歳で結婚というのは、いかにも早い。前述のごとく馬海松《マヘソン》は高漢容と同じ開城の出身で、年は二つほど下である。佐藤みどりの自伝的小説『人間・菊池寛』に本名で登場する馬海松は、みどりにこんな告白をしている。「僕は十二の時、九歳の奥さんがいたよ」（実際には、最初の妻は同い年だったようだ）。そして、自分は年上の女教師と恋愛し、父親に反対されたために家出して再び東京に来たのだと言う。「再び」というのは、十六歳の時に一度東京に留学しているからだ。

最初の結婚や家出の原因となった恋愛事件の状況は、馬海松の自伝『美しい夜明け』といささか食い違っているが、本人の言うことが正しいとも限らない。たとえば佐藤みどりのことは、『美しい夜明け』には全く登場しない。

『美しい夜明け』には、開城の金持ちの家では早婚のみならず、一夫多妻が珍しくなかったことも記されている。

僕の三人の兄たちは皆、二人あるいは四人の奥さんを持っていたし、故郷では暮らし向きのいい人ならたいてい奥さんが二、三人いるのが当たり前になっていたのだ。男の子が欲しいという理由ではあったものの、本妻に男の子がいても妾を一人か二人囲っていることは珍しくなかった。もともとものごころがつく前に結婚させる風俗があって、花婿より花嫁が年上のことが多く、同い年であってもある程度の年齢になると女の方が先に老けてしまうから、若い女を迎える場合もあった。

馬海松は結局、早婚の妻を離縁し、家出の原因となった恋愛事件の相手とも別れ、みどりをも諦め、十歳年下の舞踊家朴外仙《パクウェソン》（一九一五—二〇一一）と結婚した。

高漢容の遠い親戚で一九〇二年生まれの高漢承《コハンスン》も、やはり早婚させられている。結婚したのは一三年のことだから、十一歳の時だ。彼も後に離婚したが、これは新聞沙汰になった。一九二四年三月二十七日付『東亜日報《トンアイルボ》』の「人形の家を出よう」という記事によると、高漢承は妻金巨福《キムコボク》を相手に、京城地方裁判所に離婚訴訟を起こしている。一三年に結婚した後、二人はそれぞれ京城や日本に留学して修養を積んだが、愛情はあまりなかった。妻はつねづね、互いに理解のない結婚で愛のない生活をするのはまるで人形の家同然で、お互いに不幸だから別れようと主張していたが、前年六月、突然家を出て実家に帰ってしまい、それきり戻ってこないために離婚訴訟を起こした、という。離婚成立後、高漢承は高等女学校在学中の女学生と再婚している。

この当時、開城の人々ほど幼い年齢での結婚ではなかったにしても、東京に留学する朝鮮人青年たちの多くは既婚者で、故郷に妻を残して来ていた。田舎の親が決めた結婚相手は、近代的な教育を受けていない〈旧式女性〉であることが多く、〈自由恋愛〉を夢見る青年たちにはもの足りない相手だったから、彼らはひとたび故郷を離れるや、カフェの女給や、女学校で学んだ〈新式女性〉と恋愛した。

高漢承は、日本に留学している友人たちと結成した劇団蛍雪会の朝鮮公演で自作の『長い夜』という劇の主役を務め、喝采を浴びたそうである。一九二三年七月七日付『朝鮮日報』の記事からそのあらすじを見てみよう。日本のある大学に通うキム・ビョンスは、夏休みに帰郷した。彼は信仰（キリスト教だろう）の篤い、模範的青年である。しかし彼の周辺では暗い社会の因習が根強く残っており、ビョンスにも早婚の妻がいた。その他、彼を取り巻く人物としては、家庭の平和だけを心配する老母、父親の過去の罪悪でできた腹違いのきょうだいチョンヒ、虐待される、階級の違う少女チョンエ、強く豪快な性格の女性チャン・ミョンホなどがいる。既成の倫理と宗教が彼の前途を塞いでいるけれど、彼はその根強い因習に打ち勝ち、自分の理想と情熱を実現するほど強くはない。長い夜の間じゅう、ビョンスはただ夜明けの太陽を待ち望みつつ先駆者の悲しみを味わっている。やがてビョンスの妻は非業の死を遂げる。さらに恋人とも悲惨な別れ方をしたビョンスはいっそう絶望し、倒れながら「ああ、夜は長いなあ」という恨みに満ちた台詞を叫ぶ、という内容である。

一方、われらが高漢容には早婚した形跡はないが、高漢容の兄は長男であるためか、やはり早く結婚している。ひょっとしたら、好きでもない女性と結婚させられるのが嫌で家を出たかった、というのが、高漢容が東京を目指した動機の一つであったかも知れない。留学以前の彼は、好きな人がいたようである。

高漢容の兄漢徹《ハンチョル》の孫娘である高恵貞《コヘジョン》氏によれば、高漢容の曾祖父高弼仁《コピルイン》には子供がなく、親戚から俊国《ジュングク》を養子に迎えた。俊国は〈童蒙教官〉、今で言えば小学校の先生のような立場で、両班の位としては高くない。その次男錫厚《ソクフ》（一八五九―?）が高漢容の父である。職業は分からないものの、錫厚の代で財産を増やしたようだ。父の最初の妻である蔚山朴《ウルサンパク》氏（一八五八―八〇）は早くに亡くなった。高漢容の母は族譜に高錫厚の〈后室〉と記されている慶州金《キョンジュキム》氏の金姫慶《キムヒギョン》（一八六四―?）である。

高錫厚の子供は長男漢徹（一八八六―一九三九）、長女栄玉《ヨンオク》（一八八九―?）、次女英姫《ヨンヒ》（一八九二―?）がおり、高漢容は次男である。二番目の姉亨玉は、漢容をたいへんかわいがった。また、亨玉の息子李慶在《イギョンジェ》（一九一一―八〇）は子供の頃ソウルで高漢容と一緒に暮らした時期があり、長じてからも同じ職場で働くなどしている。末っ子として育った高漢容にとって、大好きな姉の息子である甥は、弟のような存在だっただろう。高漢容とこの甥が一緒に写った写真などもあったはずだが、李慶在の妻が後にアメリカに移住する際にほとんど処分してしまった。

穏やかな人柄の高漢容が、兄である漢徹については、あまりよく言っていなかったそうである。また、兄の晩年、兄嫁が夫に冷たい態度で接していた、という証言もある。どうやら高漢容の実家が没落したのは、この兄に原因があったのかも知れないが、それを裏づける記録は今のところ見つかっていない。兄の死後には高漢容が兄の息子英明《ヨンミョン》（一九二七―二〇一一）の面倒を見て、開城商業学校に通わせてやっている。高漢容の両親は一九二四年から三六年までの間に死亡したようだ。

〈万歳〉前後

高漢容の学歴に関しては記録が残っていないが、松都高等普通学校に通ったのは確からしい。当時、朝鮮人の子供が通う近代的な学校としては、普通学校四年と、それを終えた後に進学する高等普通学校四年（後に五年制になる。以下、「高普」と略記）があった。さらに上級の学校として専門学校があり、日本に留学して大学に通う者もあった。高漢容はおそらく一九一〇年代後半に高普に通ったと思われるが、この時点で朝鮮に大学というものはまだ存在しない（京城帝国大学は二四年に予科、二年後に法文学部が設置された）。この時代は普通学校も高普も入学時の年齢にかなりのばらつきがあり、高漢容が入学した年度は特定できない。

松都高普の前身は一九〇六年にできた韓英書院《ハニョンソウォン》で、小学科四年と高等科三年であったのが、一三年には小学科四年、高等科二年、中学校四年に改編された。この中学校が一七年には私立松都高普と改称され、初等教育は分離して別の学校になった。この松都高普を始め開城のキリスト教系の学校は、すべてアメリカのプロテスタントの一つ、メソジスト教会によって設立されたものである。さらに言うと、南北戦争で南北に分裂したメソジスト教会のうちの、南メソジスト監督教会（韓国の言い方では、南監理教）系だ。南メソジストは他の教派に比べ朝鮮半島への進出が十年ほど遅れたため、仏教の勢力が盛んでキリスト教がほとんど根付いていなかった開城に目をつけ学校や教会を建てたらしい。日本では一八八六（明治十九）年に広島女学会（現在の広島女学院大学の前身）、八九年に関西学院が南メソジストによって建てられている。韓英書院の初代校長は朝鮮最初の南メソジスト信者、尹致昊《ユンチホ》（一八六五—一九四五、独立運動家）であるが、高ヘジョン氏は、先祖が尹致昊に土地を売ったと聞いた記憶があるという。子供の時に聞いたことなので、売ったのが開城の土地なのか京城の土地なのかは定かではないとはいうものの、おそらく開城に教会か学校を建てるための土地だっただろう。松都高普は一九三八年には松都中学校となり、現在は仁川に移転し松都高校として存続している。

開城の富裕な家庭に生まれた馬海松は、両親がキリスト教嫌いだったために、第一公立普通学校を修了した後、日本の浄土宗系が建てた開城学堂（三年制）に通わされた。袈裟を着た日本人の僧侶が校長を務める、〈親日学校〉である。馬海松は、丘の上に花崗岩をふんだんに使って建てられた豪華なキリスト教の礼拝堂を、いつも憧憬の眼差しで見ていた。日曜ごとに盛装した若い男女が出入りするようすは、まるでパーティーでも開かれているような華やかさだった。若い男女が同席する機会の少ない時代に、それは恋愛のきっかけを生む貴重な場であったはずだ。

松都高普は富裕層の子弟が通う立派な学校で施設も充実していたが、高漢容は京城にある名門、養正《ヤンジョン》高普に転校した。当時の開城では、教育熱の高い父母の間で子供を京城の学校に通わせることが流行しており、転校することも珍しくなかったらしい。だが、開城からの通学は、早朝四時に汽車に乗って六時に京城に到着するというハードスケジュールだ。後に高漢容の二度目の妻になる文泰《ムンテ》姫《ヒ》の姉は、最初、好寿敦女子高普に通っていたのを、やはり京城の学校に移って高漢容と同じ汽車で通学していたが、ほどなく通学のたいへんさに音《ね》を上げ、元の学校に戻ったそうだ。高漢容は授業が始まるまで南山《ナムサン》に登って勉強したというが、この時、南山の図書館はまだできていないはずだから、山の斜面で岩にでも腰かけていたのだろうか。数学の得意な少年だった。

当時の日本では〈万歳騒擾事件〉などと呼ばれ、今は〈三・一独立運動〉〈三・一運動〉などと呼ばれている抗日独立運動が朝鮮各地で発生したのは、一九一九（大正八）年三月のことだ。この出来事の前と後では朝鮮の社会も、人々の考え方も大きく変化したために、〈万歳前〉〈万歳後〉などという言葉が、二〇年代の朝鮮では使われたようである。廉想渉《ヨムサンソプ》の長篇小説『万歳前』は、三・一運動前に日本へ留学した作家自身の経験に基づいており、時代の雰囲気をよく伝える作品として名高い。

三・一運動とは、具体的に言えば、朝鮮の民衆が太極旗を振って「独立万歳」と叫びながらデモ行進をしたもので、朝鮮のキリスト教、仏教、天道教（もと東学と呼ばれていた朝鮮の新興宗教）の宗教指導者ら三十三人の〈民族代表〉が企てた。三月一日、「われらはここに、わが朝鮮が独立国であり朝鮮人が自由民であることを宣言する」という独立宣言書がソウルで読み上げられ、デモ行進が始まった。

運動は数日の時差を置いて朝鮮全土に波及し、約三ヵ月間全国で展開されたものの日本軍によって弾圧され、多数の死者、負傷者が出た。開城もかなり大規模な運動が起こった都市の一つだ。開城のように日本人が少ない地域では、独立運動は特に激越になりやすかった。

開城でこの三・一運動を主導したのが、先に名を挙げたキリスト教（南メソジスト系）の学校関係者たちだ。この間の事情を、馬海松の体験に沿って確認してみよう。キリスト教の礼拝堂の華やかなようすが羨ましくないこともなかったものの、開城学堂に通っていた頃の馬湘圭《マサンギュ》（馬海松の本名）

少年は仏教に関心を寄せており、キリスト教そのものにはあまり興味がなかったし、朝鮮が日本の支配下にあることにも、あまり疑問を持っていなかった。

作家藤沢桓夫《たけお》は、『改造』一九三一年三月号掲載の短篇小説「芽」に、馬海松をモデルにした青年を登場させている。藤沢は二八年ごろ、結核で富士見高原のサナトリウムに入っていた時、そこで同じく患者であった馬を知り、親友となっていた。「芽」では、一人の朝鮮青年が、「故国の京城に近い或る小都会」で迎えた正月のことを回想している。「今から考えて見ると、それは××事件――朝鮮民族に取《ママ》って忘れることの出来ない××××××××日――そのすぐ次の年のお正月であった」。小学校では「君が代」を歌い、式がすむと、日の丸の絵のついた饅頭を二つずつくれたので、子供は大喜びして家に帰る。だが、家の前には日の丸の旗が出ていない。子供は、先生に叱られると言って泣き出した。「学校で先生がおっしゃったんだよ。旗をきっと出さなくっちゃいけませんって」。成長し、今は東京に来ている青年は、仲間とともに貧しい在日朝鮮人の子供たちを上野動物園に連れて行く。最後の場面で青年が子供たちに話して聞かせる童話「兎と猿」は、猿の親方が兎を働かせて搾取するという物語だが、馬海松は実際に「兎と猿」という童話を発表している。言うまでもなく、兎は韓国、猿は日本のメタファーだ。ただし、馬海松は三・一運動の時はもう開城学堂の三年生になっていたから、この小説の少年ほど幼くはない。

再び『美しい夜明け』を見てみると、少年時代の馬海松に大きなショックを与えたのは、彼が開城学堂を卒業する直前に起こった三・一運動だった。その日（開城で運動が始まったのは三月三日のはずである）、開城学堂の生徒たちが教室にいると、突然馬の蹄の音がして、日本人の憲兵隊長が校内に入ってきた。憲兵隊長は「この学校は大丈夫だな」と言い、悪い奴らを捕まえに行くと言って再び出て行った。後で分かったところでは、その時、開城にあった三つの中等教育機関、松都高普、好寿敦女子高普、開城学堂のうち、前の二つ、すなわち南メソジスト系の学校に通う百人以上の男女生徒が、ソウルから送られた独立宣言書を撒き、「独立万歳！」を叫ぶ運動に参加していたというのだ。

別の文献に照らしてみると、当時、松都高普の教師であった李万珪《イマンギュ》（号は也自《ヤジャ》）という人が独立宣言を印刷・配布したとして検挙され、西大門刑務所に四ヵ月投獄されている。この先生が、開城における三・一運動のリーダー的存在であったらしい。朴慶植『朝鮮三・一独立運動』には、「ソウルにつづき京畿道内での独立運動はまず開城でおきた。ここでは三月一日午後キリスト教経営の韓英書院〔正確には松都高普〕の学生、牧師らが蜂起の準備にかかり、三日から約一週間万歳示威〔示威とはデモのこと〕をつづけた。〔……〕三日から七日にかけて連日おこなわれた開城の示威ではキリスト教系の好寿敦女学校〔正確には好寿敦女子高普〕、韓英書院の学生らが中心となって多数の群衆を動員し、警察官駐在所を襲撃した」とある。

朝鮮で独立運動に携わった女性として、梨花学堂《イファハクタン》（現在の梨花女子大学の前身）の学生柳寛順《ユグァンスン》（一九〇二—二〇）は広く知られているが、この時、開城にも魚允姫《オユニ》（一八八一—一九六一）という、柳寛順に劣らない烈女がいた。魚允姫は夫を東学の運動で亡くした後、開城でキリスト教に入信し女学校を出て伝道師になっていた。一九一九年の二月二十六日ごろ、好寿敦女子高普に通っていたある女学生が、次のような話を耳にする。『朝鮮三・一独立運動』によれば、「一週間ぐらい前に、三十三人のなかの一人から開城北部礼拝堂の牧師姜助遠氏に手紙があったというのである。二月二十何日、開城駅に何時に着くはずの汽車で降りる七、八歳くらいのある少年がもっている小さなふろしき包みに、独立宣言書が何百枚か入っているから、それを入手して開城で独立運動をおこすようにという内容であった」。しかし牧師は宣言書を受け取ったものの、地下室に隠したまま、どうしてよいか分からずに寝込んでしまう。そのことを知った好寿敦の女学生たちが魚允姫に相談して、さっそく開城市内に独立宣言書を配布することとなった。魚はその夜、刑事に連行された。朝鮮憲兵隊司令部編『朝鮮三・一独立騒擾事件』復刻版によれば、開城郡における一九年一年間の〈騒擾者〉数は百八十九名で、うち九名が女子である。

留置場が独立運動に参加した学生たちで溢れ、中には女学生まで混じっていたというのに、開城学堂の学生たちは終始、蚊帳の外に置かれていた。松都高普や好寿敦女子高普の生徒たちが、親日学校である開城学堂の生徒には参加を呼びかけてくれなかったからだ。それを知った馬海松は、開城学堂に通っていることが、この時から恥ずかしくなった。

この時点で高漢容が松都高普に通っていたのか養正高普に通っていたのかは分からないが、馬海松は、ソウルの学校に通っていた友人たちもほとんどこの運動に参加していたと言っている。高漢容も無関心ではいられなかったはずである。

三・一運動は独立運動としては失敗に終わったものの、それ以後朝鮮の社会を大きく変化させる契機となった。大正時代の日本を席捲したデモクラシーの波にも後押しされた朝鮮総督府が〈武断政治〉を改め、いわゆる〈文化政治〉へと統治方針を大きく転換させたからである。これ以後は集会や出版に対する規制が緩和され、それまで一部の学生にのみ可能であった日本留学も、誰でも自由にできるようになった。

その後、京城の中央高普に移り、さらに普成《ポソン》高普の三年に編入（一九二〇年）していた馬海松によると、三・一運動の後はどの学校もしばらく休校が続き、九月に学校が再開してもやたら〈同盟休学〉が多かったというから、落ち着いて勉強できる環境ではなかったらしい。日本でも大流行したこの同盟休学とは、主に中等教育機関の学生たちが学校当局に対する不満を訴えて、授業拒否のストライキをしたものだ。

ところで、さきほどちらりと登場した李万珪先生だが……。この人は一九一三年から二六年まで韓英書院と、その後身である松都高普の教師として勤務しており、学校の中だけでなく開城におけるリーダー的知識人であったらしい。もとは医者だったのが教師に転向し、朝鮮総督府の規制をものともせず学生に朝鮮の歴史や愛国唱歌を教えるなど、民族教育に力を入れた。三・一運動以前の一五年にも、愛国唱歌を本にして配布したことにより検挙された。二〇年六月十六日に開城で発足した高麗青年会という団体では学芸部長に就任している。高麗青年会は講演会や野球大会、素人による演劇などを行っており、青年たちが教養を高めたり、親睦を深めたりするための集まりである。李万珪は二〇年十二月に結成された朝鮮青年会連合会にも参加、後にプロテスタント信者になってYMCAにもかかわった。その後、朝鮮語学会に加わって四二年の朝鮮語学会事件でも投獄されている。大著『朝鮮教育史』の著者としても知られる。

さて、この李万珪先生が、二〇年に開城の文学青年を集めて『麗光《ヨグァン》』という同人誌を出した。

タイトルは〈高麗の光〉を意味する。創刊号の発行は三月三十一日、二号は六月二十七日で、それ以降は発見されていないし出たという記録も見当たらないから、二号で終わったのかも知れない。イ・ギョンドンの「同人誌『麗光』の文学とアイデンティティの空間」という論文からその概要を窺ってみると、『麗光』創刊号では、李万珪が〈社長〉（グループのリーダーを意味すると思われる）として「麗光について」という発刊の辞を寄せている。この雑誌の主要メンバーとしては、総務禹《ウ》観亭《グァンヒョン》、編集部長高漢承、編集部員任英彬《イムヨンビン》などがおり、馬湘圭（海松）や、当時山口県にいた秦長《チンジャン》燮《ソプ》も重要な役割を果たしていた。李万珪と任英彬以外の全員が開城出身の青年たちである。この雑誌に高漢容も〈外交部員〉（取材記者ということだろう）として名を連ねているが、作品は発表していない。前述のごとく馬海松は松都高普の学生ではなかったし、編集部長高漢承は京城の中央高普に通っていたということを考えると、『麗光』は学校の垣根を超えた開城の文学青年のグループだったと言ってよい。掲載作品も、開城という土地や、開城出身の人物に関するものが大半である。

イ・ギョンドンは言う。「興味深いことに『麗光』のメンバーは、その後も行動をともにしている。禹観亭と高漢承、秦長燮は『新青年』にも寄稿し、『新青年』と密接な関係を持ち、一九二〇年ごろには秦長燮と高漢承が東京で〈劇芸術協会〉を創立するのにも一緒に参加しているし（同時期に馬湘圭は劇団〈同友会〉で活動）、以後秦長燮、高漢承、馬海松たちは『開闢』、『別乾坤《ピョルコンゴン》』、『オリニ』で共同歩調を取り、その後セクトン会の初期メンバーとして活動する基礎をつくった」。同時期に朝鮮で青年たちが出していた文学同人誌として『創造』、『白潮』、『廃墟』が知られているが、『麗光』はそういった雑誌のメンバーとはあまりかかわりがなく、開城人たちのグループとして結束していた。

馬海松は一九一九年九月からソウルの学校に通うようになる。興味深いのは、その時の学生たちが、キリスト教を信仰していなくとも礼拝堂に通ったという事実だ。

友人たちのうち聖書の勉強をしたり洗礼を受けたりした者は誰一人としていなかった。ただ、日曜日には礼拝堂に行くのが決まりになっていた。

〈独立宣言書〉に署名した三十三人の代表の中には天道教の教祖がおり、仏教の代表もいたけれど、三月一日に万歳を叫んだのはプロテスタントの信者が多かったし、こっそり連絡をつけたのも礼拝堂に来ていた人たちだったらしく、独立運動とのつながりで、突然〔プロテスタントに〕魅かれる人が多かった。

天道教に集った人も多かったが、学生はチャペルにたくさん集まり、日曜になるとどの礼拝堂も市場のようにごった返していた。　（『美しい夜明け』）

これはソウルでの話であるが、三・一運動後にプロテスタントが勢力を拡大したのは開城でも同様だった。南メソジストの礼拝堂は開城に三つあったのが、宣教百年記念の宣伝活動もあいまって、一九二一年六月二十三日付『東亜日報』の記事によると、信者が急増して礼拝堂を三つ増やすまでになっている。

礼拝堂で学ぶのは、キリスト教の教理だけではなかった。次の文章は一九二二年ごろの開城でのことだ。

プレゼントされた革表紙の聖書と讃美歌の本を持って日曜日には礼拝堂に出入りした。それは興味深くないこともなかった。

都市のインテリ青年たちはほとんど集まっていたし、スルチマ〔スカートのような形につくられ、女性が外出する時に頭からかぶった布〕を脱いで顔を出して歩く若い女性は例外なく集まったもので、牧師の説教は聖書からの引用もあったが、ほとんどはそれとなく民族思想、独立思想を鼓吹するものだったし、独立運動で虐殺されたり投獄されたりした人たちを悼む、血の沸き立つような雄弁であったのだから。（同書）

しかし、学生たちがキリスト教の礼拝堂に通ったのは、必ずしも、キリスト教が三・一運動で中心的な役割を果たしたから、というだけではなかった。男女が同席できなかった時代に、礼拝は女学生を眺めることのできる貴重な機会だったのだ。「下宿の友人たちが通う礼拝堂は一ヵ所ではなかった。眼にとまった女学生が行く礼拝堂に、ついて行くのである。帰って来ると、そんな話で盛り上がった」。すなわち、学生たちがキリスト教に接近して学んだのは民族主義や独立運動だけではなく、西洋文明がもたらした新しい価値観であった。開城には特に根強く残っていた早婚の風習によって既婚者にされていた男子学生たちは〈旧式女性〉を嫌い、〈離婚〉だの〈自由恋愛〉だのという新しい概念を獲得したのだ。万歳後の学生たちは旧習、因習、迷信を振り払い、新しい世界に目を向けようとしていた。

一方、前述したように、三・一運動の直後、朝鮮内の学校では同盟休学が頻発した。どこかの学校で問題（たとえば、日本人の教師が朝鮮人の学生を侮辱したなど）が起こって学生たちが同盟休学をすれば近隣の他の学校まで一斉に〈同情同盟休学〉に入ったというから、頻繁にならざるを得なかった。せっかく新しい知識を得ようという意欲に燃えている学生たちが、落ち着いて勉強できる場所がなかったのだ。さらに文化政治の一環として私費留学生は届け出や連帯保証なしに留学することができるようになったから、青雲の志を抱いた青年たちが東京を目指すのは、自然の成り行きだったと言える。

こうした状況下で開城の文学青年たちの一部は、ほぼ同時期、一九二一年前後に東京に留学する。高漢承、馬海松は日本大学、秦長燮は青山学院、といった具合だ。高漢容も日本大学に入った。当時は大学入学前に研数学館、正則英語学校などの予備校や英語学校に通って準備をするケースが多く、彼らもそうしたかも知れない。高漢容は二一年か二二年に日本大学法文学部美学科（後に芸術科――芸術学科ではない――と改称され、紆余曲折を経て現在の〈日芸〉、すなわち日大芸術学部に発展する）に入学したものと思われる。日本大学は一九二〇年に〈大学令による大学〉として認可され、美学科は二一年四月にスタートした。美学科発足の二一年四月時点で、高漢容は満十七歳だった。

第二章　東京留学

自称〈天才〉たちのたまり場——日本大学美学科

韓国の文学史を見ていると、戦前、東京に留学した文学者に関して「日本大学芸術科（または美学科）」という記述をよく目にする。開城《ケソン》出身の高漢容《コハニョン》、馬海松《マヘソン》、高漢承《コハンスン》（高漢承に関しては東洋大学に在籍したという新聞記事もあるが、最終学歴としては日大美学科中退になるようだ）以外にも崔承一《チェスンイル》（日大芸術科演劇専攻）、作家金永八《キムヨンパル》（一九〇四—五〇）、少し後になると詩人林和《イムファ》（一九〇八—五三）、詩人金起林《キムギリム》（一九〇八—？　二六年に専門部芸術科卒業）、音楽評論家朴容九《パクヨング》（一九一四—？）、詩人金春洙《キムチュンス》（一九二二—二〇〇四、芸術科中退）などがいる。

芸術科以外でも、戦前に日本大学に通った文学者は多く、作家韓雪野《ハンソリャ》（一九〇〇—七六、社会科）、李庸岳《イヨンアク》（一九一四—七一、学科不明、日大中退後、上智大学に入学）、作家李源朝《イウォンジョ》（一九〇九—五五？　学科不明、日大専門部卒業の後、法政大学卒業）、詩人具常《クサン》（一九一九—二〇〇四、専門部宗教科卒業）、作家

孫昌渉《ソンチャンソプ》（一九二二―二〇一〇、法学科中退）、鄭飛石《チョンビソク》（一九一一―九一、学科不明）などが挙げられるが、おそらく他にもたくさんいただろう。芸術科（美学科）や社会科の場合、金起林のようにちゃんと卒業した者はむしろ例外で、ほとんどの学生は中退したため卒業者名簿には記載されない。また、一九二三（大正十二）年九月の関東大震災によって日本大学の施設が焼失したため、記録文書もほとんど失われたと思われる。したがって日大芸術科や社会科に通ったというのも、本人あるいは友人・家族の証言によって確認または推定する以上に確かめようがない。

　第一次世界大戦後、世界を覆ったデモクラシーの影響は日本にも及び、教育の機会均等を広げるべきだという声が高まった結果、一九一八年に〈大学令〉が公布され、私立大学の卒業者にも学士の学位を授与することができるようになった。二〇年には慶應、早稲田、明治、中央、法政、日本の各大学が〈大学令による大学〉として認可され、これら私立大学が大きく発展し始める。施設面で他大学に後れを取っていた日本大学も二〇年には神田に新しい学舎が完成して活気づき、二〇年四月に七千五百名だった在学生の総数が二三年四月には約一万千五百名になるなど、急速な成長を見せた。

　日本大学法文学部に美学科を設置してもよいという認可が下りたのは一九二一年三月のことだ。音楽や美術、演劇など芸術に才能のある学生を大学で教育するというのは、当時としては斬新な発想だった。学監となった松原寛《かん》教授は「美学科という新しい芸術教育が、珍しい試みだといって、学生が群り集って来た。わけても元気の良い秀才どころか、天才だと自負する青年が集った」と回想している。松原教授の業績を記念して出された『松原寛』には、「美学科には詩人、創作家、演劇、映画の俳優とか、あるいは今まで封建的な私塾に学んでいた美術、彫刻、音楽などの天才、秀才が、放たれたかごの鳥の如く集って、活気横溢していた」とある。そしてこの芸術青年たちの中には、朝鮮半島からの留学生も相当数混じっていた。

設立した時の学科名は〈美学科〉であるが、これは学校当局が学科名を〈芸術科〉にしようとしたところ、「芸術は学問ではない」という理由で文部省が難色を示したために〈美学科〉にしただけで、もともと哲学としての美学を研究する目的で設立されたわけではない。美学科時代から〈日本大学芸術科大学〉という名で広告を出して学生を募集しており、美学科内部では当初から学科名を〈芸術科〉と通称していたものと思われる。したがって、日本大学美学科＝日本大学芸術科と思って差し支えない。

創立当時、美学科の学生たちは美学、美術史、文学、音楽のうち一つを選択して専攻することになっていた。文学関係の講師としては文学概論（垣内《かいと》松三）、劇文学（菊池寛）、文学概論（阿部次郎）などの名前が見え、森鷗外と東京帝国大学教授瀧精一が学科全体の顧問となっている。

学科は学部三年、予科二年で構成されており、学部は本科と選科に分かれていた。〈選科〉という制度は東京帝大、京都帝大の学則に倣ったものである。専門部（日本大学は一九〇四年に〈専門学校令による大学〉として認可された。二〇年には新たに〈大学令による大学〉として認可されるのだが、その後も学生数を確保するため、〈専門学校令に基づく大学〉を〈専門部〉という名称で残していた。すなわち同じ日本大学の中に学部と専門部が同居していたことになる。専門部は予科や高等学校を修了していなくても入学できたが、卒業しても学士の学位は得られなかった）に美学科はなかった。本科は、予科または高等学校を卒業した者、予科は中学校または師範学校を卒業した者が入学することができた。選科はさらに正科と特科に分かれ、正科生は中学校か師範学校卒業が入学資格として要求されたものの、特科生は中学三年以上の学力があると認められれば入学できた。入学金五円、授業料が大学学部（本科、選科）は一年当たり八十八円となっていたが、選科に関しては当分の間、入学金を免除し、授業料をひと月六円にするという特典があった。

学部本科を卒業すれば文学士の学位を得ることができたにもかかわらず、美学科の学生は選科に集中した。卒業してもどのみち就職の難しい学科なので、本科に入るモノ好きは、ほとんどいなかったのだ。ここで目を引くのは、美学科が始まった一九二一年と翌二二年に限って選科生が異様に多かったということだ。二一年の選科生は二百五十五名、二二年には百七十九名いたのに対し、二三年の選科生は、たった六名である。大学の統計に表れたこの選科生数は、大学全体での人数ではあるが、すべて美学科だと思われる。二一、二二年の選科生入学規定が甘く、選科の学生数に対する制限もなかったために、志望者が殺到したらしい。規定はすぐに変更され、二三年からは学部本科生に欠員があった時のみ選科生を受け入れるという決まりになった。

一九二一年に二百七十五名入学した美学科選科生は、学年度中に二百五十五名に減っている。翌年には二百四十八名になった（これは二一年度入学者も含めた、二二年度末ごろの在籍者の数だと思われる。中退者が非常に多かったということだ）。二四年春、初めて輩出された美学科卒業生のうちに本科卒業生は一人もおらず、選科生も二十三人（正科生十三名、特科生十名）に過ぎなかった。

要するに、一九二一年と二二年、日本大学美学科選科は入学が極めて簡単だった。おそらく書類さえ出せばたいてい入れたのだろう。学科自体が他大学にはない斬新なもので、人気作家や有名人の講義が聴けたし、学部も予科もすべて授業時間が午後五時半から九時半までの夜学であったから勤労学生たちにはもってこいだった。二二年ごろには付属中学、専門学校などもすべて合わせた日本大学全体の学生数は一万名ほどになる。昼間、中学校が使った教室が、夕方には大学の講義室になるという具合であった。人気のある講師の講義には学生が溢れたに違いない。

　大学令による大学として認可された私立大学を経営するには、それなりの施設と教授陣を備えなければならず、そのためには収入が必要だった。だが予科や学部本科は文部省の定める厳格な入学規定があって入学者を大幅に増やすことは難しい。それで各私立大学は、学士の学位は得られないけれど本科生と同じ勉強ができる選科、別科などを設けたり、従来からの〈専門学校令による大学〉を専門部として存続させたりして学生数を確保した。

　学校側の懐事情によるものだとはいえ、こういった措置は教育の機会を大衆化させるのに一定の貢献をしたと言える。〈万歳後〉の朝鮮の青年たちが抱いていた、行きどころのない向学心と、学生数を増やしたい大学側の利害が、この時期うまい具合に一致したわけである。美学科選科に通った朝鮮人学生の中には高普中退の学歴しか持たない者も多かった。高漢容も高普は卒業しなかったらしい。それでも日大美学科選科の特科生としてなら憧れの東京留学生として、大学で最先端の芸術論を聴くことができたのだ。馬海松はこの時に菊池寛がアイルランドの劇作家シングについて講義するのを聴いて感激し、菊池寛の家を訪ねたことが、その後文藝春秋社に入り、さらにはモダン日本社社長として活躍するきっかけとなった。

名物教授松原寛

日大美学科（芸術科）は後に芸術学部となり、現在も多数の芸術家を輩出し続けているが、初期に美学科の中心となったのは、京都帝国大学で哲学を専攻し、新聞記者をやめて日大で教鞭を執っていた松原寛である。この松原がまた破格の人物で、学校当局と対立しながら芸術科を守り、貧乏学生をかばった名物教授であった。美学科当時はまだ独身だった松原は、紋付の羽織ハカマを着用して講義に臨んだ。学生が家に遊びに行くとビールやカレーライスをふるまった。学生は思ったことを何でも話し、酔っぱらってインターナショナルや革命歌を歌った。松原は、苦学生の身の上話を聞いて涙を流した（栗田柳一郎「ある日の思い出」『松原寛』）。

『日本大学百年史』によると、〈法文学部美学科〉は一九二四年からは〈文学部文学科〉に変更され、専攻として哲学、倫理学、教育学、心理学、国文学、文学芸術を設置することとなった。『松原寛』には「学部文学科〈芸術学専攻〉、専門文科の〈文学芸術専攻〉をわが大学当局は〈芸術科〉をもって通称とした」という記述が見える。専門文科とは専門部の文科だろう。文学部の専攻名は『百年史』では〈文学芸術〉、『松原寛』では〈芸術学〉と、やや違っているものの、同一の専攻を指すものと思われる。学部本科、選科、専門部などと書類上は分かれていても、実際は同じ教室で同じ講義を聴いており、ふだんはあまり区別を意識していなかったらしい。文学芸術には音楽、絵画、演劇なども含まれていたはずだ。ただし、この時期にはまだ芸術科目の実習はなかったから、理論や芸術史などを教えたものと思われる。

高漢容が大学を離れた後の話ではあるが、芸術科の行方をもう少し記しておこう。一九二七（昭和二）年、専門部文科文学芸術専攻に映画科が設置され、さらに美術、音楽などを専攻する学生たちの念願であった実習が行われるようになると、大学内で「芸術科を廃止せよ」との声が高まり、三一年二月には文学芸術専攻の廃止が決まってしまった。絵を描いたり楽器を演奏したりなどというのは、とうてい大学でやるべきことではない、と思われていたのである。また、美学科に左翼的な学生が多いということも、問題にされた。存続を主張する松原に対し大学当局は、在学生が卒業するまでは授業を続けてよいし、日本大学と名乗ってもよい、しかし、日本大学内で授業をしてはならない、経営も一切助けてやらない、と告げた。

こうして大学から見捨てられた芸術科を率いた松原は別の場所に教室を借り、「日本大学芸術科」を名乗って学生募集の広告を出すという大勝負に出た。するとこれが大当たりで、なんと数百人もの学生が押し寄せたのである。その後、芸術科は無事もとのサヤに収まり現在人気の芸術学部に発展するわけだから、芸術学部にとって松原は、その礎を築いた大恩人と言っていい。

高漢容は家族に、日本大学でロシア文学を専攻したと語っていた。東京の私立でロシア文学の専攻を置いた大学といえば早稲田ぐらいしか思い浮かばないが、実は、日本大学美学科でも発足二年目にあたる一九二二年春にロシア文学を専攻できるようになっていた。同年二月十一日付『日大新聞』の「新春四月からの美学科の新設講座」という記事では、四月の新学期から新しく始まる講座として昇曙夢《のぼりしょむ》のロシア文学と伊原青々園《せいせいえん》の演劇を挙げている。昇曙夢については「氏の講座はロシア文学史とその特殊講義を受け持たれることになっているが、学生の希望も多いようであるため、ロシア語学の講座をも担任さるるとのことである」と記している。三月二十六日付の同紙は「芸術大学の新装」というタイトルで、「強制的科目を廃し、学生は三ヵ年中に英独仏露国の各文学、演劇学、美学、美術史、音楽の九学科中の何れか一つを専攻し、其他に七科目だけの科目を選択聴講すればよい」という、美学科の大変革について述べている。

昇曙夢（一八七八―一九五八）、本名昇直隆はロシア文学を日本に紹介した人で、アカデミズムのコースからはずれた場所にいたために死後は業績が等閑視されていたが、近年、再評価の動きがあるようだ。当時においては武者小路実篤が「ロシヤ文学が日本に最も影響を与えた時代の初期に於いて、昇曙夢の時代があった」というほど人気絶大だったから、高漢容は目を輝かせて昇先生のロシア文学史を聴き、ロシア語を勉強したはずだ。日大での講義の具体的な内容は分からないものの、昇はそれ以前に早稲田大学にも出講した時期があり、その時の講義内容を元に『露国近代文芸思想史』を出版している。日大での講義も、これに似たものだったろう。ただし、昇は一九二三年には革命後の状況を視察しにロシアへ行ってしまうから、高漢容が昇の講義を聴けたのは、一年間だけだったはずだ。

〈苦学〉の流行

富裕な家の息子であったはずなのに、高漢容は東京で苦学していた。生家はある時期に没落したらしいが、それがいつのことで、生家の経済的事情が原因で高漢容が苦学したのか、あるいは家出して自活していたからなのかは、判然としない。一九二四年十二月二十二日付『東亜日報《トンアイルボ》』に彼が発表したエッセイには、アルバイトを転々としていた時の経験が語られている。

　社会主義者諸君は、こいつ、まだ社会悪の味を知らないから、そんなことほざいてるのだと言うかも知れないが、東京での労働者生活でさまざまな味、蓮根のような味をどれほど味わったか説明にならない。これは、僕が何かの事業に成功して苦心談を語っているわけではない。実にあれこれと何でもやった。

　丸の内ビルディングの建設や海軍工廠で鉄の塊を拾ったり、書生、ボーイに加えて逓信省の手伝い、ビール会社の職工見習い、そのうえ牛乳や新聞配達の[redacted]をし、旗を持って薬の広告、英国皇太子殿下の御車が通過なさった日、警官からひどい目に遭ったこともある。硬派不良少年団の巣窟に捕らえられて残忍な人間性の暴露を観察し、労働者宿泊所の倉庫で寝ていて窮屈で耐えられなくて塀に穴を開けたこともある。

　トルストイと倉田百三の[redacted]的人生観を持っていた時は売淫窟生活一年半で一度も買淫せず、一ツ橋図書館の仏露革命史の革命家になりそうでもあり、ならなさそうでもあった。不忍池のほとりでは皓々とした月の色に故国の恋人が恋しくて、転々とした流浪の生活に世の中が悲しくなってしまった。

（高ダダ「うおむぴくりあ」）

丸ビルの工事は一九二一年七月から始まり、二三年の二月二十日に竣工した。また、英国皇太子エドワードが来日したのは二二年四月のことだ。一ツ橋図書館は当時神田一ツ橋通りに存在した東京市立図書館だが、関東大震災で焼失した。

ここで少し寄り道して、当時の苦学生の生活を覗いてみよう。当然のことながら苦学は留学生だけの専売特許ではなく、貧しくとも勉強さえすれば立身出世が可能だった近代日本において、〈苦学生〉は一九〇〇年ごろから急速に増加し、大正末期である二〇年代前半にはほとんど流行と言ってよいほどになった。苦学の仕方を教える『東京の苦学生』、『最新東京苦学案内』（ともに一九二二）、『東都に於ける苦学の実際』（一九二二）といった手引書は、東京にどんな学校があり、働きながら通いやすいのはどの学校か、さらに上京する前にすべき手続きや持ってゆく物や書類などについて書いている。そのうえ、生活費はどれぐらい必要か、どうすれば節約できるのか、どういう職業につけばいいのかなど、具体的な指針を与える。たとえば生活費については、下宿がタタミ一畳あたりだいたい三円だから三畳の部屋なら電気代を入れて九円五十銭、安食堂で朝十二銭、昼と夜は十五銭の食事をし、他に炭代や風呂代を足しても、節約すれば一ヵ月二十三、四円で生活できる、といった具合である（『東京の苦学生』）。

苦学生たちの職業（今で言えばアルバイト）としては、高漢容の経験した職種以外にも人力車車夫、露天商、行商などが紹介されている。行商と言えば、高麗人参の行商をする朝鮮人留学生はわりに多かったらしく、朴烈《パクヨル》と金子文子の表向きの商売もそうだった。もちろん肉体的にきつい労働をしながら学業をまっとうすることは容易なことではなかったから、苦学生たちはたいてい挫折した。『開闢《ケビョク》』九号（一九二一年三月）に朴春坡《パクチュンパ》が寄せた「日本東京に留学するわが兄弟の現況について」によると、東京の朝鮮人苦学生たちは、こき使われたあげくひと月十円しかもらえず、ひと部屋に数人が同居して自炊することも少なくなかったという。もっともこの筆者は、金がなくとも図書館で本は読める、志があれば必ずやり遂げられるのだと苦学生たちを叱咤激励しつつ、これから東京に留学しようと考えている人たちに対しては、ひと月に食費が二十五、六円、家賃が五、六円、学費が五、六円なので基本的に四十円ほど必要で、その他、交通費、書籍代などを入れて六十円あれば十分だ、節約すれば四十円でもやっていけるとアドバイスしている。

金基旺は論文「一九二〇年代在日朝鮮留学生の民族運動」の中で、三・一運動後に日本国内の朝鮮人留学生が急増した原因を、朝鮮総督府の教育方針が変更され留学生規定が緩和されたこと、朝鮮内の学校の授業年限が延長されて入学資格（大学予科などへの）が充足できるようになったこと、三・一運動後に民族解放運動の一環として推進された実力養成運動により教育熱が高まったこと、先輩留学生たちによる宣伝などを挙げている。

急増した留学生のうちには仕送りで暮らせる裕福な家の子弟もいたけれど、無一文でヤミクモに東京にやってきた学生たちも少なくなかった。そして、先に見たように、苦学生は同時に都市労働者でもあった。彼らはきつい労働をしながら暮らすうちにロシア革命や日本国内の社会主義者たちの影響を受け、徐々に社会主義に目を開いてゆく。中には吉野作造の黎明会、堺利彦のコスモ倶楽部などに参加する者もいた。〈在東京朝鮮留学生学友会〉は一九一二年に民族解放運動のための団体として結成され、ほとんどの朝鮮人留学生が加入していたが、二〇年代以後は社会主義を信奉する留学生たちが増え、留学生の間で民族主義と社会主義の対立が生じた。学友会内部の対立は、日本の警察の目にとまり、新聞に報道されるほど深刻であった。一九二四年十二月二十六日付『朝日新聞』夕刊には、「鮮人学生のいがみあい」という記事が掲載されている。

東京各大学専門学校に通学中の鮮人学生が組織している学友会の会員九百名中七百名は有産階級に属し二百名は無産階級にて、何れも苦学生であるため平常折り合い悪しく、無産階級の学生は有産階級の為に圧迫されるので、同会より分離して別に団体を組織してやはり学友会と命名し相対立してひと悶着起す模様であるので、警視庁内鮮係で目下取調べ中である。

ここでは民族主義と社会主義の対立ではなく、有産階級と無産階級の対立としてとらえられており、その対立の内容は明らかではないものの、学友会の内紛は傍目にも見てとれたわけだ。学友会は結局、社会主義系列の学生たちが主導権を握り、一九三一年に解体される。

当時の朝鮮では、高普を卒業すれば学歴としては十分だと一般的には考えられていたから、東京の大学に留学したと言えば、たとえ中退であってもりっぱな知識人として扱われたもので、〈東京留学生〉は憧れの存在だった。事実、解放前の朝鮮において、独立運動、労働運動、社会主義、共産主義、その他あらゆる種類の社会運動の中心には、いつも〈東京留学生〉がいた。一九一〇年代までは一部の学生だけに許されていた日本留学も、〈万歳後〉には苦学する覚悟であれば、誰でも一応は実現可能な夢になった。貧しい家の子にも留学の夢を与えてくれたのは、〈万歳〉の残した遺産の一つであろう。

苦学生用の手引書などを見ると、日本大学は苦学生の通いやすい大学として名前が挙がっている。夜間の大学であるのみならず、学年制ではなく科目制を採用しており、仕事をしながら通うのには便利な学校であったためだ。大学予科は学年制であったものの、本科の場合は三年以上在学する間に所定の単位を修得すれば卒業することができたから、一年生に必要な単位を落としたから留年、ということにはならない。しかも（一九二〇年の段階ではまだ昼間の講義はなかったが）、昼間部、夜間部どちらの講義に出席してもよいので時間の融通がつけやすい。予科を修了して本科に進めば高等試験（高級官僚を採用するための試験）で予備試験が免除になったし、本科を終えれば、日大は新大学令による大学であるから、正式な学士の称号が得られた。また、専門部なら中学を卒業していなくても特科生として入学でき、そこで勉強して国家試験に受かれば官僚や弁護士、判事になることも不可能ではなかった。日大の他には中央大学、法政大学なども、夜間部があるという理由で推奨されている。日大美学科に関して言えば一九二三年度からは必修科目がなくなり、三年のうちに専攻科目と、選択した七科目を聴講すれば卒業できた。もっとも、卒業する気のない学生たちには、必修があろうがなかろうが、どうでもいいことだ。

アナとボルの巣窟——日本大学社会科

前述したごとく、三・一運動直後、日本大学に留学した朝鮮人学生のうち、美学科には芸術家志望の学生が入学したが、この他に専門部法律科も苦学生に人気があった。ところで気になるのは、一九二〇年、日本大学法文学部と専門部に開講した〈社会科〉（〈社会学科〉ではない）という学科だ。

日本で社会科を設置した大学は日大が初めてで、美学科とともに、異色の存在であった。設立の趣意は学識教養のある社会のリーダーを養成することにあったというが、社会科も学部入学者は少なく、志望者は専門部に集中した。

どうやらこの社会科が、社会主義的傾向を持つ学生の巣窟になっていたらしい。『日本大学七十年略史』は「社会科を目指して集まる学徒には各種各様の分子」がいて、文学青年、教師でありながら国民教育に疑問を持つ者、「朝鮮独立運動の万歳事件に参加した闘士」など、雑多な顔ぶれが在籍しており、「随分過激思想のもの」がいたと伝えている。

社会科にはまた美学科以上に変わり種子が入学して面白かった。革命ロシャの労働服ルバシカを着て、房のさがった帯を結んで得意になっている者、朝鮮の万歳革命事件に連座して、総督府の官憲から拷問された鮮人学生が多数。全体的に学生の年齢、学歴、服装などまちまちであった。

「君はAか（アナーキスト）、Bか（ボルシェビーキ）」などという会話のやりとりをするもの、「富、財産のすべては略奪であり、罪悪である」、「ノアの洪水も不徹底だ、地球上の人間一切を葬れ」と絶叫して泣く奴もいた。「先生！　生ぬるい哲学の講義とか、社会改良主義の講義などやめて、革命の方法を教えて下さい」などと、わめき立てる学生もいた。

（『松原寛』）

というから、無茶苦茶だ。こんな社会科の学生たちに堂々立ち向かったのが、やはり先の松原寛であった。社会科の創立準備一切は松原の学生時代の友人円谷弘《つむらやひろし》によってなされたが、円谷は一九二二年、ヨーロッパ留学のため学監、美学科主任、社会科主任をすべて松原に任せて旅立ったのである。


社会科の「社会思潮」の時間には、宗教科、美学科の学生も押し寄せて、いつも大入り満員である。先生は該博な哲学、宗教、社会科学の知識をバックに、熱烈火を吐くような雄弁をもって、学生の理論闘争に応戦し、一歩も譲らなかった。

「革命には必ずそのバックに偉大なる思想がある。思想なければ人心を収めることが出来ない、博徒の如きでは革命は成就しない、諸君はまず哲学を学ぶことだ」と云うように学生を哲学的に指導して行った。それは「学者の如くならず、権威あるものの如くであった」。

ある日のことだ。先生が教壇に立つと、一人の長髪族が手をのべて、「先生握手するを許して下さい、先生の講義にはシャッポ（帽子をとって降参するの意）です。今後は哲学を大いに勉強いたします」と云って、先生はこれに苦笑し、満場は拍手喝采である。学生に対し親しみ深く接触した先生の人気はすさまじく、わが大学に新風を捲き起したのである。（同書）

それから十数年を経た一九三九年、日大に入学（国文科に入り、後に芸術科に転科）した金達寿《キムダルス》（一九一九―九七、作家）も、松原が講義中に堂々と軍部を批判するのを見て仰天している。二一、二三年ごろの美学科、社会科は日本大学の中でも突出して異色な学科であり、その中心に松原寛という破天荒の教授がいたことは確かだ。

松原寛自身はアナでもボルでもなかっただろうが、一九二二年に学内で開いた「文芸思想講演会」には講師の一人としてアナキストともダダイストとも呼ばれた作家大泉黒石（一八九三―一九五七）を招いている。

〈デスペレイト・オプチミスト〉〈国際的の居候〉を自任する黒石は、ロシア皇帝の侍従として長崎にやって来たロシア貴族の父と、一行の接待役を務めた日本人の少女の間に誕生した混血児で、本名は大泉清という。黒石の息子大泉滉《あきら》（一九二五―一九八）は俳優・声優として活躍した人なので、年配の人なら覚えているはずだ。子供の時は〈大泉ポー〉という名前で映画に出演し、若い頃は二枚目俳優で、後に三枚目に転じた。私は、大泉滉の出ていたテレビCMを何となく記憶している。彼は今の言葉で言うと〈恐妻キャラ〉を演じていた。でっぷり太った奥さんがどっしり座ってセンベイか何かもぐもぐ食べている横で、痩せこけた大泉滉が、「あんたは、胃腸が丈夫で、いいね！」と怒ったように叫ぶ、胃腸薬か何かのCMだ。その時はロシアの血を引く人だとは知らなかったが、そう言われてみればエキゾチックな顔立ちだった。滉はクォーターだが黒石はハーフだからさらにロシア人らしい外貌で、街を歩けば女学生たちが、あら、西洋人が日本の着物を着て歩いてるわよ、と囁きあった。黒石も、浮気を勘違いした妻に叩きのめされたことなどを笑い話のように書いているから、大泉滉の恐妻キャラは父親譲りかも知れない。

黒石の母恵子は――産後の肥立ちが悪かったのだろう――黒石を産んだ一週間後にわずか十六歳の若さで亡くなった。明治の半ばにロシア語を学びロシア文学を愛好し、親の反対を押し切ってロシア貴族の男と結婚した長崎の少女は、玉川信明『大正アウトロー奇譚』によると「下関初の税関長、本川某の娘」だったそうである。恵子は非常に優れた言語能力の持ち主であっただろうし、それが息子に受け継がれたのだろう。黒石は長崎で育ち、少年時代の多くの部分をロシアやフランスで過ごしてまた日本に戻ってきた、いわば帰国子女であるが、日本語を完璧に駆使し、そのうえロシア語、英語、フランス語に堪能で、漢学の素養もあった。黒石の母も、もう少し生きていたら、きっとロシア文学研究家か何かになって大成しただろう。

黒石はせっかく入った三高を、学費が払えないために退学させられてしまい、やがて長崎で幼なじみだった女の子に再会し、駆け落ちして所帯を持ったはいいが、食いあぐねて職を転々とし、造船所や屠殺場で働くなど波瀾万丈の生涯を送った。黒石はこの特異な人生遍歴を一九一九年に「俺の自叙伝」として発表し、作家としての名声を得た。

黒石は牛の屠殺をしていた極貧時代から辻潤とは親友で、高橋新吉も〈発狂事件〉の当日に彼を訪ねている。黒石は日大で行った講演の中で、『東海道中膝栗毛』の主人公である弥次郎兵衛と喜多八は日本のニヒリストだと主張した。

十返舎一九は道徳を持たなかった。道徳を持たないと云うことそれ自身が道徳になるかも知れないが、それは道徳ではない。彼の頭には社会も国もなかったのである。国境すら認めなかったのである。彼等は結婚を否定した。それは姦通、嫉妬、煩悶等の罪悪は結婚から生まれるとした彼等は社会のあらゆる女性を〔以下、数字分削除されている〕これは反対に夫人〔〈婦人〉の誤記か」の立場から考えても同一である。私は社会はこれからこうなるのではないかと思う。ニヒリストの人生観は極めて簡単で彼らはニヒリストの最後は自殺であると言っている。

（一九二二年六月二十三日付『日大新聞』）

なんともアナーキーな内容ではある。黒石はこれ以外にも、老子の会を日本大学で行ったと語っている（高橋新吉『ダダ』）。小説『老子』は黒石の代表作の一つだ。

この大泉黒石が、実は松原寛とは長崎の鎮西学院中学において同窓で、かなり親しかった（福田清人「大泉黒石のスナップ」『大泉黒石全集』書報6）。「俺の自叙伝」を元にした『人間開業』によれば、中学時代の黒石は仲の良い友人とともに木下尚江の小説に熱中し、すでに社会主義者を自負していた。「学校へ来て何をするかというと、机の下に『火の柱』や『墓場』をひろげて読むのが仕事だった」。「人生見物」でも、「俺はこう見えたって生まれつきの社会主義者だが、俺の社会主義はボリシェヴィズムとは大分違う」と言っている。

黒石の文章に登場する水車小屋の息子島田と、四国の松山出身で三高から京大法学部を経て大阪自動車倶楽部に勤務する松原圭吉という二人の親友は、出身地やその後の経歴からしていずれも松原寛とは別人だが、松原寛も似たような中学時代を過ごしたのではなかろうか。

朝鮮人の留学生には高普中退の学歴しか持たないものも多かった。しかし専門部には中学卒業以上が入学できる正科の他に特科が設けられており、ここには入れたと思われる。『日本大学百年史』

によれば、一九二一（大正十）年の社会科入学者は正科百二十五名、特科二百六名で、朝鮮出身者が六十三名いた。二三年五月の時点で、社会科の三学年を合計すると、正科・特科合わせて在籍者は七百七十三名にもなった。美学科と同じく、中退者が非常に多かった。同書は、「社会科を社会革命の闘士養成所と勘違いして入学した〔……〕学生もいたということであろう」と述べている。

韓国の国史編纂委員会が運営する韓国史データベースなどによりつつ、一九二〇年代前半ごろに日大社会科に在籍したと思われるアナキズム、ボリシェビズム系統の朝鮮人学生を列挙してみる。

まず、アナキズム系列で言うと、

元心昌《ウォンシムチャン》（一九〇六―七三。この人は、六一年十一月二十四日東京で開かれた辻潤を偲ぶ会に出席している）

金若水《キムヤクス》（一八九三―一九六四）　二〇年四月に入学して二年間通学。

金章鉉《キムジャンヒョン》　二二年に入学したが通わなかった。

宋徳万《ソンドンマン》（一九〇〇―？）　二二年入学。

張圮石《チャンギソク》　二二年入学。

その他、朴烈の不逞社のメンバーであった韓晛相《ハンヒョンサン》も、学科は書かれていないが日大を卒業したと雑誌の記事で紹介されている。

驚くべきは、あまり知られていないようだが、朝鮮のアナキストの中でも最重要人物である朴烈が日本大学に在籍していたことである。一九四八年版の『朝鮮年鑑』（ソウル、朝鮮通信社）には「日本大学修学」とあるし、高橋新吉も「朴烈は〔……〕日大に在学中、一九二三（大正十二）年九月の震災にあい、天皇の暗殺を計画したとして〔……〕」（「ドストエフスキーと朴烈」）と書いている。学科は書かれていないが、おそらく専門部社会科だろう。朴烈の最終学歴はたいていの資料で京城高等普通学校、または正則英語学校となっている。

話のついでに、朴烈が受けた教育をざっと見てみよう。朴準植《パクチュンシク》（朴烈の本名）少年は幼い時には比較的裕福な家庭に育ち、書堂《ソダン》と呼ばれる漢学の塾に通って伝統的な教育を受けていたが、日本人の近代的な生活ぶりを知り、自ら望んで日本人の経営する公立普通学校に転校した。父の死後、家が没落したため卒業後は官費で通える京城高等普通学校師範科に進学する。これも日本人の経営する官立学校であるが、朝鮮人の通う学校は英語をろくに教えないなど、〈内地〉より教育レベルが低いことに気づいた準植は、憤りを感じ始める。私立学校の学生たちから、「朝鮮人のくせして倭《ウェ》ノム（日本人のやつ、という卑語）になってしまったやつら」と罵られるのも悔しかった。官立学校の日本人教師の質はたいてい低かったが、中には面白い先生もいて、ある歴史の教師などは、自分は日本人ではなく世界人だと言い、朝鮮人学生たちに独立の志を持つよう煽ったという。師範科時代には、木下尚江、夏目漱石、小川未明、竹越三叉（与三郎）、黒岩涙香などの本を愛読し、知識の幅を広げていった。このあたりは、同時代の日本人青年と、あまり変わりがない。

外国人宣教師が英語を教えてくれるキリスト教系の私立学校などに通った場合を除けば、朝鮮人の学生は英語をあまり勉強していなかったため、日本に留学すると大学入学準備をすべく英語学校などに通った。もっともこれは日本人の学生も同じで、戦前の田舎の中学校では英語教師の質が低かったから、東京に出るとまっさきに正則英語学校に入って憧れのカリスマ講師斎藤秀三郎の講義を聴くなどした。金子文子のように、まともな学校教育を受けられなかった若者たちも、恨みを晴らすかのごとく英語学校に通った。そして、朴烈と文子が出会ったのも、正則英語学校であった。朴烈はやがて大杉栄を始めとする日本のアナキズム思想に触れ、自らの思想を形成してゆく。

次に、ボリシェビズム系列の人物としては、先に挙げた韓雪野以外にも、以下の人物が挙げられる。

金熙明《キムヒミョン》　プロレタリア作家。戦後も東京で暮らしたらしい。

李載裕《イジェユ》　小説『京城トロイカ』の主人公として描かれた人で、労働運動、共産党運動に尽力した。二〇年代後半、専門部社会科に在籍。

金天海《キムチョンヘ》（一八九九―?）　本名金鶴儀。戦後、在日本朝鮮人連盟最高顧問、日本共産党中央委員などを歴任した。社会科中退。

他にもたくさんいただろうが、これだけでもアナ、ボル両系列の重要人物が日大社会科に集まっていたことを証明するには十分だろう。

後に高漢容の親友となるアナキスト詩人秋山清（一九〇四?―八八、岡田孝一『詩人秋山清の孤独』によると、一九七八年前半までに出た本では〇五年生まれになっているという）は一九二三年に日大法文学部予科に入学している。秋山も九州から上京してエレベーターボーイとして自活する苦学生であった。予科の同級には、秋山とともにアナキズムの文芸雑誌『詩戦行《しせんこう》』を出した斎藤峻《たかし》もいた。斎藤は後に、秋山とともに宮崎の病院へ高漢容を訪ねている。

朝鮮最初のダダイスト

高漢容、高漢承、馬海松は同じ開城で竹馬の友として育ち、長じてはともに『麗光《ヨグァン》』の同人となり、東京でも同じ日本大学美学科に入っている。さらに高漢容と高漢承は本貫《ほんがん》を同じくする親戚である。しかし高漢容は、東京で児童文学、演劇などの研究団体をつくって華々しく活動した友人たちとは離れ、独りダダへの道を歩み出す。

高漢容が苦学生となったために、経済的な苦労のない友人との間に心理的な距離があったのかも知れない。その間の事情は、「高ダダ」の名で寄稿した「DADA」に詳しい（一九四―二〇二頁参照）。

「DADA」によると、彼は最初は高山樗牛《ちょぎゅう》（一八七一―一九〇二、明治中期の文芸評論家・思想家）の著作に熱中したものの、「すっかり感服する前に嫌気がさしてしまった。それで次からは一つ二つと少しずつ否定し始め、残らずすべてのやつらに背を向けてしまうと、もう行く道がなくなってしまった」という。続いて「いっそ田舎の老婆にでも生まれていれば何だかんだと言うこともなく、〔……〕無事に暮らせるのに、ああ、どうしてどうしてと、とても苦しかった」。この「田舎の老婆」は、辻潤のエッセイに出てくる日向の「おすみ婆さん」を念頭に置いたものだ。「おすみ婆さん」

が何者かは分からないが、誰かの紹介でしばらく辻に部屋を貸していたか、あるいは民宿のようなものをやっていたのだろう。鹿児島出身のおすみ婆さんは、ほとんど何を言っているのか分からないほど方言がきつく、また、自分勝手な言葉をつくって話す。しゃべっていてもお互いに話が通じない。

> 私のところへ尋〔ママ〕ねてくる娘さんがヨカゴサインだったり、僕がオカベが好きだったり、隣のチンケさんが素敵にイナバだったりするのでは、さすがのダダイズムもすっかり兜をぬいで降参してしまった。まるで毎日お互いにいくら饒舌ってみてもバベルの塔で、一向埒が明かないので、いつも最後には二人で笑い出してしまうのだ。
> 遅くまで針仕事をやって、まるで子供のように瑣末なことを面白がり、人生はどこに退屈の風が吹いているか？――というような顔をして毎日を暮らしているおすみ婆さんを見ていると、私は自分がつくづくとなさけなくなって、不幸のドン底に落ちこんだように感じてしまうのだ。
> （辻潤「きゃぷりす・ぷらんたん」）

> 僕の知っているある婆さんは、彼女の教養と無知の結果から常に婆さん彼女自身の言葉を使用していた。〔……〕そして驚きと讃美を誇張する時、彼女はいつも、「あらまあダイヤモンド！」といっていた。彼女はダダイストであった。
> （辻潤「あびばっち」）

毎日何も心配せずに楽しく暮らしている楽天的な彼女と同じ家にしばらく起居することで、鬱々としていた辻は慰めを得た。

失恋をきっかけに人生に対する煩悶に苦しみだした高漢容は、「ついにどうすることもできない焦点に達した」。ショーペンハウエルは厭世主義だけを教えてくれ、ヘーゲルは意地悪なことばかり言う。「虚無主義にも少し目を向けてみたが、心安らかに落ち着けるところではなかった。以前から民族概念にはかぶりを振っていたし、社会主義は、理由は理解したけれど腹が減っていつになっても実行できそうになかった」。

この文章から、ダダ以前の高漢容が片思いの恋に長い間悩んでいたこと、民族主義に対しては最初から否定的だったこと、高山樗牛、ショーペンハウエル、ヘーゲル、虚無主義、社会主義に関心を持ったものの行く道を見出せなくて絶望していたところを、ダダに出会って光明を見出したことが分かる。ダダに目覚めた時期は、『ダダイスト新吉の詩』が刊行された一九二三年二月ごろから翌年にかけての時期だろう。『ダダイスト新吉の詩』は『日大新聞』にも書評が出ている。辻潤も雑誌に歯切れのいいエッセイを書き、各地でダダ講演会を開くなど、最も人気のあった時代である。高漢容が盛んに引用している辻潤の『ですぺら』が刊行されたのは二四年七月だ。

東洋のダダ

高漢容や林和をたちまちにして魅了した日本のダダとは、どういったものであったのか。よく知られた高橋新吉の「断言はダダイスト」の冒頭を引用してみよう。

DADAは一切を断言し否定する。
無限とか無とか、それはタバコとかコシマキとか単語とかと同音に響く。
想像に湧く一切のものは実在するのである。
〔……〕
DADAは一切のものに自我を見る。
空気の振動にも、細菌の憎悪にも、自我と云ふ言葉の匂ひにも自我を見るのである。
一切は不二だ。仏陀の諦観から、一切は一切だと云ふ言草が出る。
一切のものに一切を見るのである。
断言は一切である。

高橋新吉のダダが、当初から仏教と結びついていたのは一目瞭然である。実際に彼は一九二一年に寺の小僧になっていたし、二四年にダダをやめようと決心したのも、仏教のためであった。後年彼は、自分のダダは「禅の亜流」だった（「日本のダダイズム」）と告白している。前述したごとく、新吉がダダ詩をつくり始めた時、彼はトリスタン・ツァラやアンドレ・ブルトンを詳しく知ったうえでダダイストになったわけではなく、外国のダダを紹介する新聞記事を二つ読んだに過ぎない。新吉のダダは、そこで説明されていたダダ精神に、彼が持っていた仏教的情緒が感応して始まった、自己流ダダであった。

一方、辻はマックス・シュティルナーの著書 *Der Einzige und sein Eigentum*（一八四五）を『自我経』（一九二一）というタイトルで日本語に翻訳して話題になったが、このタイトルからも分かるように、辻はシュティルナーの個人主義を、仏教、道教などの東洋思想に通じるものであると考えていた。「彼があのような独自の思想——殆ど彗星的で、東洋風のニヒリズムと相通ずる思想をどこから得て来たかは興味のある問題である。そして、老荘や仏教の知識のある人には、スチルネル〔シュティルナー〕の思想はさほど珍しくないかも知れない」（「『自我経』の読者へ」）

高橋新吉は辻について、「辻潤のダダは、江戸文学の発展であったと言えるのである。／スチルネルやアナーキズムなどの西洋の近代思想を、くぐってきたものではあったが、本質は、江戸末期の文学にふくまれている、陽明学、老荘、列墨その他の中国思想が、流れていたのである。勿論、禅的なものや仏教的なものが、これに加わっていたことは言うまでもない」（「倭人辻潤」）という。

辻潤自身も一九二四年の講演で次のように述べている。「私はですから東洋風に、日本人らしく自分のダダを表現したいと思います——また思わなくても自分が日本人で東洋人である限り自然その表現がそうなることだと思います。／私は昔からタオイズムのエピゴーネンで、今でも荘子や列子を愛読しています。さらに仏書の中にダダ的精神を発見して喜んでいます。／それが、Anti-marxism になろうがニヒリズムになろうが、一向差支いはありません」（「ぐりんぷす・DADA」）。

そもそもダダの鼻祖トリスタン・ツァラからして、一九二二年の「ダダについての講演」の中で「ダダはいささかも現代的ではない。むしろ、ほとんど仏教的な無関心の宗教への回帰である」と言っているのだ。また、針生一郎はヨーロッパのダダの本質を次のように説明している。「大戦〔第一次世界大戦〕前のベル・エポックに生まれた立体派、未来派、表現派などには、多かれ少なかれ機械文明の進歩と都市生活の変化にたいする、オプティミスチックな肯定がつきまとっている。アポリネールは機械文明と合理精神の背後に明るい虚無をのぞきこむことによって、この時期の代表的な詩人となった。だが、ダダには近代的なもののすべてにたいする、懐疑と反撥が底流している。かれらは過去の呪縛をたちきったばかりでなく、未来にむけての進歩の観念を否定し、純粋な現在にたちむかった」(「ダダと現代」、神谷忠孝『日本のダダ』から再引用)。高橋新吉や辻潤は直観的にダダのそうした本質を把握していたのだろう。また、新吉や辻のダダが東洋的な思想であったために、やはり東洋的な教養を持っていた韓国の文学青年たちも共感しやすかったと思われる。

すぐれたダダの詩や小説は、どの国においてもあまり多くはなかったが、ダダイストになるためには絶対に詩や小説がなければならないというものでもない。ダダは何よりも、考え方と生き方の問題なのだ。一九二〇年代半ばに萌芽を見せた日本と朝鮮のダダは、高踏的、都会的、近代文明礼讃のモダニズム文学と、一見似ているようでありながら、実は強烈な反近代的あるいは反西洋的情緒を持っていた。

ついでに言えば、前衛的な詩を書いた詩人たちはそれぞれ未来派、ダダ、アナキズム、あるいはシュールレアリスムなどを標榜したりしたが、作品の外見からそれらを区別することは必ずしも容易ではない。結局は、詩人自身の考え方の中にその区別を見出す他はないのだ。

日本でも朝鮮でも、ダダが一九二〇年代の文学青年にもたらしたものは、世のあらゆる束縛からの解放であった。その束縛を具体的に言い表すならば、儒教的道徳、キリスト教あるいはキリスト教的人道主義、社会主義、そしてその時まで文壇を席捲していたロマンチシズムといったものである。彼らはダダによって自らの世界観を転覆させ、自らを束縛する権威を拒否することができるようになったのだ。若い頃ダダに夢中になり、やがてプロレタリア文学に移行した林和は、次のように回想している。「十年前、〈ダダ〉や〈表現派〉のエピゴーネンたちは、詩の思想と内容において同一的な反抗者であった」(「ある青年の懺悔」『文章』一九四〇年二月号)。

また、朝鮮の文学者が外国の文学者との連帯感を持ったという点においても、ダダは重要な意味を持っている。「ダダイストの間では、思想と感情の共産主義だ。こうしたこともそれだけ聞くと理屈に合わないように思えるだろうが、彼らの世界では少しもおかしなことではない」(「ダダイズム」)。それは、近代以後の朝鮮文学が、初めて持った国際的同志意識であった。

辻潤の思想

世界中がぷらすであったときに
かれひとりまいなすであったので
——谷川雁「人間A」

ところで、辻潤とは何者か。お互いに強いシンパシーを感じていた詩人萩原朔太郎や、辻潤を思想家として評価した松尾邦之助(一八九九—一九七五、パリに滞在したジャーナリスト)など、辻潤に関する文章を書いた人々はたいていてい、この質問から論を始めている。辻自身は「自分はキャメレオンであり、マゾヒストであり、なんであり、かんである。なんかんてんところてんである。てんとして恥じるところを知らざる猿である」(『絶望の書』序文)などとふざけたり、大泉黒石と泊まった長崎の宿で宿帳に「売恥醜文業」と書いたりしている。

高橋新吉については、「詩人」と呼ぶことに誰も異存はないだろう。辻潤にも詩や小説作品がないではない。しかしそれを根拠に彼を詩人だの小説家だのと呼ぶには、質と量の両面において、あまりに貧相である。また辻は博識ではあったけれど、論文らしい著作の一つもないから、普通の意味で学者とも呼びかねる(辻潤自身は「スカラア・ジプシイ」を自任した)。翻訳家というのは、間違いではない。辻がシュティルナーやシェストフ、トマス・ド・クインシーなどの著作を日本に紹介した功績は認められてよい。翻訳だけではない。高橋新吉を「和製ランボー」と呼び、その詩集を編んで世に広く紹介したのは辻であるし、無名の詩人宮沢賢治の詩集『春と修羅』(一九二四)をいち早く認めて絶讃しているから、辻が本物の詩人を見分ける優れた鑑識眼を持っていたのは確かだ。伊藤野枝が世に出たのも、元はと言えば夫である辻潤が『青鞜』を読んで好もしく思い、野枝に平塚らいてうを訪問するよう勧めたのがきっかけなのだ。こうして見ると、辻は文化界の偉大なプロデューサーであったと、改めて思う。

しかし信奉者と言っていいぐらい熱狂的な辻ファンを生んだのは、何より彼のエッセイ、その中でもアフォリズムのごとき文章の力だ。アフォリズムは、きっぱりと言い放つだけで、その根拠を論理的に解き明かすことはない。本来、無責任なものである。そして、かっこいい。『ですぺら』に収められた最盛期の辻の文章は、実に切れ味のよいアフォリズム的文章に満ちていて、このすがすがしさに、当時の青年たちは魅了された。小野十三郎、岡本潤、永松定《さだむ》なども辻潤のファンであった（岡本のペンネーム〈潤〉は辻潤から採ったと思われる）。太宰治は十八歳の時、辻潤に心酔したと告白し（「虚構の春」）、萩原朔太郎は辻あての手紙で、「真に僕の好きな文学者は谷崎潤一郎と貴下との二人に尽きるようです」と書いた。一九六〇年代に辻潤を知った瀬戸内晴美（寂聴）も「私は彼の一冊の書物を読みあげる度、深い酩酊感に襲われて、足許がふらつくほど泥酔してしまった」（「私にとっての辻潤」）と、その衝撃を語っている。高橋新吉の言葉を借りれば、青年たちは辻潤の「酔っ払いが管を巻くような、呂律のまわらぬ文章」の中に、「燦然とした宝玉」（「辻潤のこと」）を拾い出したのである。

辻は家が没落したために開成中学を中退してしまったけれど、尺八を吹く他は読書が唯一の道楽で、非常な博識であった。武林《たけばやし》無想庵（一八八〇―一九六二）と互角に議論ができた。無想庵は有名な写真館の養子として成長した類《たぐい》まれなる美青年であり、かつ一高から東大に進んだ秀才で、東西古今に及ぶ学識は常に周囲の人々を驚嘆させた。彼はドーデの『サフォ』、アルツィバーシェフの『サーニン』の翻訳者としても知られる。

もっとも無想庵は、文章は驚くほど下手で、素晴らしい小説を書きたいと願っていたわりに、ろくな作品がない。父親が無想庵の友人であった縁で無想庵と親しくつきあい、身近に観察した山本夏彦（一九一五―二〇〇二）は彼を、「失敗した芸術家」と呼んだ。素晴らしい教養を持っていたが、それがほとんど何の役にも立っていない。大正教養主義が生んだ、ある極端なタイプの人間だったと言えよう。

無想庵はダダイストと名乗ったことはないらしいが、辻潤の親友であり、かつ生活がダダだったために、ニヒリストとかダダイストと呼ばれる。無想庵自身も腹違いの妹との間に一子をもうけたりするほど女にはだらしがなかったが、フランス滞在中には妻文子に浮気され、その話を「Cocu《コキュ》の嘆き」として『改造』に寄稿している。文子とパリに行ったのも、もともと辻潤を連れて行く約束であったのを、文子に出会って心変わりしたものだ。辻潤はその後円本の印税が入ったのを契機に、長男まことを連れて後からパリに旅立った（円本とは、大正末から昭和初期にかけて大流行した、定価一冊一円の全集類のこと。辻潤は『唯一者とその所有』が春秋社の『世界大思想全集』に収録されたことにより、予想外の収入を得た）。無想庵はパリで妻子に去られ、ホームレスになって松尾邦之助の所有する印刷工場の物置小屋のようなところに住まわせてもらったりしている。何かにつけて行きあたりばったりで、だらしがない。無想庵と辻潤との因縁は次の代にも及び、辻の長男まことが無想庵の長女イヴォンヌ（彼女はハーフではないが、フランスで生まれ育ったためにフランス式に名づけられた）を最初の妻としている。

少年の頃、辻と無想庵が歓談するようすを目撃した山本夏彦は、「辻と武林の縦横談は谷崎（潤一郎）のとは違って東西の思想家が出てきて、それも近所の人のように出てきて、二人はようやく会話を楽しめたことを喜ぶだけで別段それが何ものをも生まないことは承知だったようである」と語る。そして夏彦は、ものを知っていることと、何かを創造することは別ものであると悟り、この稀代の博識家たちを「ダメの人」だと考えた。確かにこの二人の学識は、文章にあまり生かされてはいない。辻も無想庵も、論理的に考えを展開して何かを語ることには長けていなかった。

辻潤は、ときに思想家と呼ばれる。なるほど。辻は「思想を生活（行為）に転換する時にのみ、その人は思想の所有者である」（「ダダの話」）と言っている。その意味で言えば、辻潤は確かにダダ思想の所有者であり、思想家であった。

しかし、晩年の落魄した辻の姿に接した吉行淳之介は、辻を「詩人」と呼び、その印象を何度も文章にしている。一九四三（昭和十八）年、淳之介が静岡高校を休学して東京の家にいた時のこと、玄関で、「あぐりさーんっ」と、母の名を怒鳴るように誰かが呼んでいた。父エイスケはすでにこの世の人ではなかったが、辻潤は吉行あぐりとも面識があった。

氏がはじめて僕の家へ現れたのは、その年のはじめの寒い日だった。夕方、玄関で母の名前を連呼する大声が聞えたかとおもうと、次の瞬間には見知らぬ老人が茶の間の入り口に立っていた。掘炬燵に入って本を読んでいた僕と視線が合うと、氏は、するすると炬燵へ入りこんでしまったのである。

穴だらけの汚れた羽織を着て、尺八を脇差のように帯に挿んでいる異様な恰好だ。

氏の名前を僕は勿論知っていた。「ですぺら」の著者にふさわしい感じの詩人だとおもったわけだが、意外だったのは、ときどき氏は他人の顔色をうかがうような厭な眼つきをすることだ。プライドを失った卑しいともいえる眼つきである。そういう眼つきは、たとえば氏が懐中から皺になった紙片を取出して、「いいかオレの作品だ、よく聞け」と威張った態度で朗読しはじめているうちに、チラリと現れたりする。氏はしばしば傲岸不遜な態度で、小銭をよこせと僕に要求するが、そんなときにもその眼つきはチラリと現れた。

そういう氏を僕は情ないともおもい、迷惑だともおもうのだが、やはり好きにおもう気持の方が強い。そんな僕の気持を氏も見抜いていて「おまえはなかなかハナせる。ちょっと一緒に散歩しよう」などという。ところで氏と散歩したときは大変だった。犬が氏の姿をみて吠えついてくるのである。氏は、「おい君、あそこを歩いているおネエチャンから一銭貰ってみせようか」といい、尺八を構えて人の顔色を横目でうかがった。僕は内心閉口していたが、平気な素振りをつづけていると、氏はそのまま尺八を下して一銭貰うのはやめてしまった。

あるとき氏は自筆の書をもってきた。自作の詩を自分で書いたもので、見ごとな筆蹟だ。その詩の文句を、僕は不思議にいまでも覚えているが、それは「港は暮れてルンペンの、のぼせ上ったたくらみは、藁で縛った乾がれい、犬に喰わせて酒を呑む」というのである。その書を僕に買え、というわけだ。僕はあまりしばしばのことなので少々うんざりして、わざと五十銭白銅を一枚だけ黙って差出した。氏に動揺の気配があったが、そのまま黙ってその書を置いて帰った。間もなく玄関で訪れる声がする。出てみると氏で、「さっきのは、あまり安すぎる。もう少しよこせ」と掌を差出すのだ。僕は、このとき氏にたいして複雑な親愛感を持った。

数日経って、その話を詩人と称する友人にしたところ、「僕だったら、最初から持っている金を全部辻さんにあげてしまうんだがな」と抒情的な口吻で言った。僕は「なんて感傷的なたわいのない奴なんだろう」と腹の中で呟いたものだ。

その書は、僕の家が空襲で焼失したとき、一緒に焼けてしまった。惜しいことをしたとおもっている。

（吉行淳之介『詩とダダと私と』）

淳之介は、「辻潤に関しての記憶は、歳月が経つにつれて、嫌な感じが薄れて、いい方だけが残ってくる」（「未会見交友録」『スラプスティック式交遊記』）と、辻の不思議な魅力を語っている。現実の詩作品はろくなものはなかったけれど、辻潤その人は、どうしても詩人と形容せずにはいられないような何かを持っていた。辻と親交のあった画家林倭衛《しずえ》（一八九五―一九四五）も、自ら描いた辻潤の肖像に「或る詩人の像」と題している。絵の中の辻潤は、額が禿げかけ、鼻の下にはチョビ髭を生やし、落ち着いた表情で読書をする洋装の紳士である。

もっと以前、伊藤野枝と一緒にいた頃の辻潤に関して言えば、野上弥生子の眼には陰気で貧弱な男に見えた（「彼女」『野上弥生子全集』三）。平塚らいてうは三十歳ごろの辻潤について、「芸術的な要素と哲学的な要素を等分にもったいたって真面目な、見るからに神経質らしい渋みのある青年」（「青年辻潤氏」『平塚らいてう著作集』五）と書き、断髪のアナキスト望月百合子も「辻潤もとてもいい人で、野枝さんを人間として遇して束縛しなかった。木村荘太からラブレターがくれば、会ってあげなさい、返事を書きなさいといって自分は耐えていたわけね。それは私が知る前だけど。美男子ではなかったけど人がよくて、お母さんて人もちゃきちゃきの江戸っ子だった」（森まゆみ『青鞜』の冒険』）と言ったそうで、意外に高評価である。後述するごとく、一九二四年に辻が朝鮮を訪問した際、現地の文学者は彼に好感を抱いているし、若き日の花田清輝は一度会って話をしただけで、辻潤にすっかり魅了されてしまった。パリで辻潤に出会った松尾邦之助も、たちまちその率直な人柄にほれ込んだ。熱烈なファンや、弟子を自称する追随者を引きつける魅力が、辻には備わっていたらしい。辻の最後の伴侶松尾季子は「辻さんの後姿は貧しく見えて、まともに見られぬ思いをしたこともありますし、聖者のように貴く見えることもありました」(「思い出〈3〉」『辻潤全集』第二巻月報)と言い、辻を師と仰ぐ菅野青顔《かんのせいがん》(一九〇三—九〇、気仙沼図書館長を務めた)に至っては、ある日師の頭に後光を見たとまで言っている。

「思想上や感覚上で、深く文学上の一致と友情を感ずるものは貴下の辻潤一人です」という手紙を辻潤に送った萩原朔太郎は言う。

辻潤という存在は何だろうか。彼はスチルネルの紹介者でアナアキズムの導火線で、ダダイズムの媒介者で、虚無思想の発頭人で、老子の敬虔な学徒であり、その上にも尚蜀山人の茶羅ッぽこと、酔いどれ詩人ヴェルレーヌの純情主義と、デクインジイの阿片耽溺とを混ぜ合せた、一個の不思議な人物である。総括して言うならば、彼は多分に東洋的な風格を帯びて居るところの、一の典型的なデカダンである。(「辻潤と螺旋道」『萩原朔太郎全集』九)

高橋新吉は、自分が日本最初のダダイストであるにもかかわらず、世間では辻潤が日本のダダの元祖のように言われていることにつねづね腹を立てており(その怒りは死ぬまで続いた)、辻がフランスに行く前、カフェ・ライオンで催された送別会の席に、辻を刺し殺すと言って乱入したりしている。しかし常日頃の新吉は辻潤に何かと世話になっていたし、仲良く行き来したり、お互いの友人を紹介し合ったりする親友であったことに、間違いはない。送別会に殴り込んできた新吉に対しても辻は動じることなく、居合わせた人たちに新吉が日本最初のダダイストだと紹介して、うまくなだめている。おそらく、「可愛そうじゃないか。……それまでにして、誰かに、誰にでもいいから、自分というものの価値を諒解してもらいたいんだ」（武林無想庵「文明病患者」）という気持ちだったのだろう。まともだった頃の辻潤は、実によく新吉の面倒を見ていたし、新吉は辻潤の最高の理解者であった。この二人の関係を考えると、寒山拾得《かんざんじっとく》の伝説が眼に浮かぶ。〈発狂事件〉の直後、新吉は辻に向かって「君がもう少し俺を愛してくれたら、僕はこんな風にはならなかったかも知れない」とつぶやいた（辻潤「ぷろむなあど・さんちまんたる」）。新吉は、辻潤に甘えたかったのだ。

新吉は辻潤の死後、噛みしめるごとく回想している。

辻潤は、偉大な動物であった。彼は人間であったが、日本人であることを、特別に喜んでいる様子もなかった。五尺ソコソコの低人であったが、彼の精神は、時流を抜いて、三十世紀を翔破していた。

彼はロンブロゾオの天才論を訳しているが、彼自身も天才であった。何の天才であったかと、首を傾げる人もあるだろうが、彼は、人間の心の分野での天才であったと、私は思っている。

〔……〕

同時代の誰彼に対して、鋭い批判を浴せている辻潤は、決して、日本の文学社会の、主流ではなかった。彼には、学閥もなく、金もなかったことが、一因ではあるが、彼の精神が、地上で最も困難な、不可能に近い、宗教的、形而上的、至純のものを、追い求めていたからだと思う。

彼の肉身も、周囲のものも、このような辻潤の魂を、見抜くだけの雅量と聡明さを欠いていたのである。

彼は、掃溜に降りた鶴のようなものであった。よってタカッて、俗人どもが、彼をいじめ、なぐり殺したようなものである。私もその一人であったかも知れぬ。彼の死後、二十年たった。漸く、彼の魂のリンカクを朧ろげに知ることができた。

彼ほどの人物と、私は、ついに接触したことがない。

（高橋新吉「辻潤のこと」）

辻潤の生涯を論じようとするなら、最初の妻が後に家を出てアナキスト大杉栄のもとに走り、関東大震災直後の混乱の最中、大杉とともに虐殺された伊藤野枝であったこと、天狗になって二階から飛び降り、それ以後、何度も精神病院に入れられたこと、尺八を吹きながら放浪し門づけをして回ったこと、野枝の産んだ長男が画家の辻まこと（一九一三―七五）であること、戦時中に汚いアパートで誰にも看取られることなくひっそり餓死していたことなどは、必ず語られるだろう。

天狗になった時のことは、小島キヨ（彼女の名は〈清〉〈きよ〉〈キヨ〉といろいろに表記されるが、とりあえずカタカナにしておく）の証言がある。一九三二（昭和七）年三月末ごろのことだ。

雨のふる夜でした。二三日家を空けた彼がだいぶ酩酊した様子で帰ってき、トイレに入り、手を洗うために廊下の硝子戸を開けたと思ったとたん、ウオッというような声をあげて一目散に戸外へと走り去りました。そして十分も経った頃、玄関からまた裸足のままキラキラと瞳を輝かした異様な形相で二階の書斎へ上がってきました。

寝床の裡で、彼はいつもより狂暴に私の唇を求めました。そして次の行動に移りながら、彼は私の首を絞めつけようとするのです。私は彼をふり切って階下へと逃げ降りました。酔狂ではない判然と狂ったように感じられました。

翌朝彼は二階の窓からひさしにおり——俺は天狗になったぞ——とどなりながら、パッと下へ飛びおりました。幸い足と手や顔に少々のかすり傷があっただけで大したけがもありませんでした。

（玉生清［玉生は再婚後の姓］「辻潤の思い出」、松尾邦之助編『ニヒリスト』）


辻は子供の頃から天狗や河童が大好きで、夜、神社の神楽殿で天狗が舞っているのを母親と一緒に目撃するという、不思議な体験もしている（「あやかしのことども」）。天狗に対する憧れが、ずっと潜在意識に残っていたのだろう。この時は「辻潤氏天狗になる」という見出しが『読売新聞』に躍った。辻は開成中学の同級生斎藤茂吉が院長を務める青山脳病院に入り、その後幡ヶ谷の井村病院に入院した。四月には宮嶋資夫《すけお》、室伏高信、卜部《うらべ》哲次郎、津田光造などごく親しい人々の他、谷崎潤一郎、佐藤春夫、北原白秋、萩原朔太郎、佐藤朝山、新居格《にいいたる》、武者小路実篤といった錚々たる顔ぶれが世話人となった「辻潤後援会」が結成され、銀座の伊東屋で文壇・画壇らの名家揮毫小品即売展を開いて売上金を辻の静養費とした。井村病院は数ヵ月で退院したが、翌一九三三年七月には名古屋を放浪中に病院に収容された。八月には豊島郡石神井（練馬区）の慈雲堂に入れられ、入院中に「瘋癲病院の一隅より」という文章を草している。慈雲堂は武蔵野の森や田畑に囲まれた日蓮宗系の精神病院である。芝生の植えられた運動場は素足で歩くと気持ちが良く、晴れた日には秩父の連山が見え、夜には虫の声が聞こえる閑静な環境で、比較的居心地が良かった。朝夕は数百名の患者が一堂に会して法華経を唱えた。

この時期、絞り出すように書かれた文章には悲痛なトーンがある。「すらすらとなにかいいたいんだ。ただスラスラとなにかいいたいんだ。ただそれだけが自分のいまの願望なんだ」、「退院後およそ一カ月半あまりになるが、僕は未だにひどくぼんやりしている。からだの方はとにかく頭がブランクで、精神が紛失してしまったようで、外界とのバランスがひどくとれず、人と話をする気持ちが起こらず、従ってテガミが書けず、この原稿もやっとの思いで書いてみるきになったのだが、なんとなく自信が持てず、〔……〕」（「天狗になった頃の話」）。ささやかな借家での暮らしすら失った彼は、その後、各地の友人・知人を訪ねて食客になることを繰り返した。

放浪と狂気と貧乏のイメージが強い辻潤ではあるが、実は家産が傾く以前の彼は裕福な家に生まれ、江戸の庶民文化が息づく浅草で何不自由なく育ち、キリスト教に興味を持ち、白樺派に憧れる繊細なお坊ちゃんだった。「連環」という文章の中で辻は、若い時には巌本善治、内村鑑三、新渡戸稲造、武者小路実篤、トルストイなどの著作を愛読していたと書いている。「自分もなんとなく白樺派のような気がして来る」。十代後半には内村の影響で教会にも通っていた潤少年は、二十歳頃になるとキリスト教的社会主義の影響を受け始める。

自分は恰度その頃、キリスト教から社会主義の思想に影響され始めた時分なので〔……〕勿論、社会主義と云っても今のように経済学上から科学的に論じ立てられるマルキシズムではなく、寧ろトルストイ流な人道主義から来ている所謂キリスト教社会主義で、今から見れば甚だ幼稚なロマンチックなものだが、私に云わせればその方が遥かに純真であり、本質的で、そこを出発点としない徒に小むずかしい理屈ばかり並べる今の所謂正統派は寧ろ外道のような感じがするのである。

（「鏡花礼讃」）

上野高等女学校の学生伊藤野枝が出会った英語教師辻潤は、少ない給料で没落した家をけなげに支え、その貧しい服装のために生徒たちから〈西洋乞食〉というあだ名をつけられた、清貧の文学青年であった。

辻の生活態度を決定的に変えたのは、シュティルナーの『唯一者とその所有』だ。彼はその一部を『唯一者とその所有　人間篇』として一九二〇年五月に出し、翌年十二月には『自我経』とタイトルを変えて全訳を出版した。シュティルナーの言う〈唯一者〉とは、いかなる人間的共通性にも解消できない〈私〉という自我を指す。『唯一者とその所有』はかなり難解な書物で、辻潤の翻訳も英語版からの重訳ということもあって誤訳もあるらしいが、要するにシュティルナーの主張の根本は、自分自身の自我だけを信じて生きろというところにあるようだ。そしてそれ以外のすべて――国家、民族、制度、思想、信仰、真理――から解放されろ、ということ。「つまり、僕はスチルネルを読んで初めて自分の態度がきまったのだ。ポーズが出来たわけだ。そこで初めて眼が覚めたような気持ちになったのだ。今までどうにもならないことに余計な頭を悩まして来たことの愚かなことに気がついたわけだ」（「自分だけの世界」）。そしてこうしたシュティルナーの哲学を「芸術に転換すると、そのままダダ芸術が出来あがる」（「ダダの話」）。キリスト教や白樺派風の人道主義、社会主義を信奉する際に感じるすべての精神的圧迫、たとえば義務感や自責の念などから解き放たれる契機を、辻はダダから得た。

そして辻がシュティルナーのおかげで解放されたように、高漢容は辻の『ですぺら』によって解放される。高漢容に関しては後で述べるが、高より少し年下のプロレタリア文学評論家林和の場合は、高橋新吉やダダ美術によって同様の解放感を得たと回想している。

その間に高橋新吉という人の詩集を買って読み、いつの間にかダダイズムという言葉を学びました。一氏義良という人の『未来派研究』という本、〔……〕一年ほど前から勉強していた洋画から彼〔林和自身のこと〕はこうした新興芸術の様式を試みてもよいと思っていましたが、偶然、村山知義という人の『今日の芸術と明日の芸術』〔『現在の芸術と未来の芸術』のことらしい〕という本を見て熱狂しました。

その時から彼は古い感傷風の詩を捨て、ダダ風の詩作を試みました。その間、朝鮮に高漢承〔高漢容の間違い〕、金華山、金ニコライという名を発見してうれしく思いました。

（林和「ある青年の懺悔」）

〈星児《ソンア》〉というペンネームで感傷的な詩を書いていた林和は、ダダを知ってからきっぱりロマンチシズムと訣別した。それは既成の制度に対する反抗というより、世界観そのものの転換であった。シュティルナーやシェストフなどの翻訳、思索的なエッセイによって自由を渇望する文学青年たちの偶像となった辻潤は、ダダイストでありニヒリストであった。秋山清は、辻について「人間の生存と生活を侵している一切の社会組織、そのなかの一番強力な国家とその権力にもっとも反抗の態度を示しつづけた」人物であると言い、「ニヒリスト辻潤」に次のような文章を引用している。

時代時代の国家組織や社会制度に適合して、服従して、それらのための手足になって働く人は安全な生活を送ることが出来る。すべて犠牲的な精神は美徳である。家族の犠牲になる息子は親孝行、国家の犠牲になる者は忠義者、主人のために己れを犠牲にする者は忠僕、みな美徳として讃えられる。

（辻潤「Melanges」。表記は『辻潤全集』第一巻に従った）

秋山は「戦前の思想統制時代、忠君愛国が日本人の道徳的指標であった時代には、これは驚倒に値する発言であった」と評している。革命によって生まれた国家であっても、民衆を抑圧する権力になれば、辻は、当然のことながら、嫌悪した。それで、左翼青年たちが革命国家ロシアに憧れを抱いていた時代にも辻はボリシェビズムへの反感を表していた。辻のニヒリズムは集団的、社会的人間生活にいかなる期待も持たないという点で、アナキズムと異なるだろう。道徳、すべてのナントカ主義を捨て自らの自我を〈唯一者〉とする反権力的否定精神において、辻潤ほど徹底した思想家はいなかった。

こうした辻潤の姿勢を象徴するエピソードがある。アナとボルの対立が文学の世界にも波及しかけていた一九二三年、種蒔き社（ボル系）主催の会合を、『赤と黒』（アナ系）の詩人たちがつぶしに出かけたことがある。会場となったレストランに二百人ほどが集まる盛況であったが、やがて双方が罵り合い、ビール瓶や皿が飛び交う乱闘が始まった。そのとき突然、「クワックワックワッ」という奇声を発しつつテーブルの上に飛び上がったのが辻潤だ。辻はテーブルからテーブルへ渡りながら、手を振り足を振り、何とも妙な格好で踊っていた。「「陀仙」と号して根っから政治ぎらいの辻潤の、この奇妙な踊りは、ぼくらをはじめ、いきりたっていた連中の毒気をぬいて啞然とさせた」（岡本潤『詩人の運命』）。

辻とて、自分や世の人々の幸福を願わなかったわけではない。ただ、現在の体制の中ではその幸福が得られないと信じていたのだ。

「おまえさん方の思うような幸福はどこにもありはしないよ」と彼はいっているのだ。そのため彼には、一切の世間的向上への努力を捨てた役立たずの思想家、というレッテルがはられた。こうして成立したのがニヒリスト「辻潤氏」である。

「……生れてくると、いつの間にか前から連続している世の中の色々な種々相や約束を押し付けられて、否でも応でもそのなかで生きることを余儀なくせしめられる。自分の意志や判断が、ハッキリつかない中にいつの間にか、他人の意志を意志として、他人の生活を生活するようにさせられてしまっている。そして、親たちは「誰のお蔭で大きくなったのだと思う」といって、恩をきせ、国家はさも、国家のお蔭でお前を教育してやった、知識を授けてやったというような顔をして恩にきせる」というような彼の言葉は、明快率直で誰にもわかりやすいのだが、ただ支配体制側にとって都合のよくはない発言だったということである。これくらいの反対をいったからといってニヒリズムだのニヒリストだのというにはあたらぬかもしれないが、辻はこの主張を、生活の心情《〔ママ〕》としていだいて離さなかった。世間に順応するということがなかった。そのことが彼を特異の存在たらしめ、彼のいだいていた「幸福に生きたい」というナイーブな思いはほとんど理解されずに終わったようである。言葉をかえれば彼の願いはあまりにあたりまえのことでありすぎたために、そしてそれが率直に表現されたために、奇矯の感をすらあたえたのである。

（秋山清「ニヒルとテロル」。引用されているのは辻潤「浮浪漫語」の一節）

「出来るなら、国籍をぬいてもらいたい」、「何処の国の人間にもなりたくない」（「浮浪漫語」）という辻潤は、人間の自由を束縛するすべての体制――それが封建制度であれ、国家主義であれ、社会主義であれ、アナキズムであれ――に対する、屹立した一個の巨大なアンチテーゼであった。辻潤以外の誰が、すべての権威を否定しつくして生きることができたか。辻潤のマネは、誰にもできない。挫折したダダイストたちはその否定精神において不徹底だったのであり、マネできないからこそ、辻潤はある人々にとっての偶像であり続ける。

辻と伊藤野枝との間に生まれた長男まこと（漢字では「一」と書いて〈まこと〉と読むが、後にペンネームを〈辻まこと〉としていたため、この表記に従う）は、幼くして母に捨てられ、父もまともな生活を営むことができなかったためにろくろく学校にも通えず、それどころか正気を失って放浪する父親のせいで、非常な苦労をさせられている（もっとも、辻潤も若い時は同様の苦労をしている。没落してから潤の父親は精神のバランスを崩して徘徊し、最後には井戸に落ちて亡くなった）。普通なら父親を恨んでも不思議ではないと思うが、この息子は辻潤の本質をみごとに見抜いていた。

戦争が進展するにつれて、文化の使徒のような顔をしていた有象無象が、どんな醜悪な卑しい虫ケラたちだったかは自ずから明白になっていった。戦争が終った後の現在でも彼らが、そのみじめさをお互いに「人間的な弱さ」だなぞとなぐさめあっているのを見かけるが、あの暗い空の下で、心の内でその見せ掛けだけの名論、卓説の類いにわずかにすがっていた青、少年の期待をふみにじって、人間不信の根性を育てたのは彼等だったのだ。私は、それまでの友人と先生をすべて失った。すべてである。〔……〕

だが辻潤だけはその風の中で石コロのように自分の重量を守った。私の知っているただ一人の信じられる生物だった。

（辻まこと「父親と息子」、松尾邦之助編『ニヒリスト』）

戦時中、軍国主義に染まった世相の中で、全く戦争に協力しないで生きていくことは、ほとんど不可能に近かった。誰しも何パーセントかは妥協しなければ、生き残ることは難しかっただろう。

節を全く枉《ま》げなかった人が、果たしてどれほどいるのか。まことは父のことを「私の知るかぎり日本人のなかでたった一人、一人の人間としてけっして負けなかった人間だった」と言い、終戦を待たずに死んだ辻潤の、世間的には悲惨な最期を、「彼の死は、一つの魂の勝利だったと感じている」と評価した。

関東大震災

苦学しつつも新しい世界に目覚めた二十歳の青年高漢容に、とてつもない災難が降りかかった。一九二三（大正十二）年九月一日の関東大震災である。日本大学の施設はほとんど焼け落ちてしまった。生活環境も最悪だったが、さらに震災直後から、朝鮮人が暴徒化して井戸に毒を入れている、放火して回っているなどの流言蜚語《りゅうげんひご》を信じた人々が朝鮮人を手当たり次第に虐殺するという、異常事態が起こった。演出家・俳優千田是也《せんだこれや》（一九〇四―九四）が、関東大震災の渦中で朝鮮人と間違えられ、殺されかけた経験から〈Korea〉に通じる芸名をつけたという話はよく知られている。この時虐殺された朝鮮人は数百人とも、数千人とも言う。

虐殺されたのは朝鮮人だけではなかった。労働運動の指導者、社会主義者、アナキストたちも殺された。一九二三年に有島武郎から資金援助を受け萩原恭次郎、壺井繁治、川崎長太郎とともに詩誌『赤と黒』を出して前衛的な作品を発表していた詩人岡本潤は、家は無事だったものの余震が絶えないので妻子とともに一日の夜は屋外で過ごした。翌日の午後、壺井繁治が訪ねてきた。ルバシカを着ていたために途中で銃剣を持った兵士に捕まったのを、やっと逃れてきたという。壺井は後に「十五円五十銭」という長詩で、兵士が誰彼となく捕まえては「十五円五十銭」と言わせ、語頭の濁音を発音できなければ朝鮮人と判断して連行したと書いている。岡本自身も危険人物と目され自警団に連れていかれそうになったが、同じ長屋の住民たちがかばってくれたおかげで難を逃れた。

震災の時、秋山清は日大予科に通いながら、当時東京で最も高い建物であった七階建ての第一生命ビルでエレベーターボーイを務めていた。ボタン一つで自動運転できるエレベーターではなかったから、操作する人員が必要だったのだ。日給六十銭は安かったが、勤務時間の半分は休憩時間であって比較的楽な仕事だったし、社員食堂で食事が供され、仲間もできて楽しい職場だった。

揺れるエレベーターの中からようやく這い出した秋山は、階段を駆けあがって屋上に出た。すでに火事の煙が立ち昇っていた。六本木の家は無事だったものの、その後第一生命の建物も火災に見舞われた。以後も続く混乱の最中に、秋山は皇居の外堀で水浴を試みたりもしている。

秋山は朝鮮人暴動の噂を全く信じなかったが、「暴動など嘘だ、自警団の夜警など必要ない」と主張したために町内から追い出されてしまい、早稲田大学前にあった友人の下宿に転がり込むことになった。再び第一生命で働き始めた秋山は、新聞に掲載された渋沢栄一子爵の「大震災は日本人がぜいたくになり思い上がっていたために下された天譴《てんけん》である」という意味の談話を見た時、憤りがこみあげ、初めて階級というものを意識した。怒りをノートにぶちまけてみると、それが詩のようなものになった。アナキスト詩人秋山清の誕生である。

九月十六日、アナキスト大杉栄、夫と子供を捨てて大杉と一緒になっていた伊藤野枝、大杉の幼い甥が憲兵に連行されて惨殺されたあげく、井戸に投げ込まれた。野枝はまだ二十代の若さであった。

辻潤は、妊娠して大きなお腹を抱えた小島キヨとともに川崎で焼け出されている。地震の起きた瞬間、辻は銭湯にいた。裸で飛び出したものの、さすがに恥ずかしくなって服を取りに戻り、自宅に帰ると家族は無事だったが「家は表現派のように潰れてキュウビズムの化物のような形をしていた」（「ふもれすく」）。それから十日ほどは、多摩川で水浴をしながらの野宿となった。その後、名古屋を経て大阪に滞在していた時、辻は新聞の号外で大杉と野枝の死を知る。「地震とは全然異なった強いショックが僕の脳裡をかすめて走った。それから僕は何気ない顔つきをして俗謡のある一節を口ずさみながら朦朧とした意識に包まれて夕闇の中を歩き続けていた」（同書）。この時、辻の内部で何かが大きな音を立てて崩れ、終生元に戻ることはなかった。事件そのものについて、辻はほとんど何も語らない。語る言葉を探せないほど衝撃が大きかったのだ。

野枝の出奔後、辻は野溝七生子《のみぞなおこ》（一八九七―一九八七、知り合った当時は同志社女学校の学生であったが後に東洋大学に進み、作家となった。戦後は東洋大学教授を務めた）に思いを寄せ、また小島キヨ、その次には松尾季子《としこ》という伴侶を得た（さらに、キヨと知り合うより前に四ヵ月ほど同棲した女がいて、辻は彼女を二番目、キヨを三番目の奥さんと呼んでいる［辻潤「里親」］）。野枝、小島キヨ、松尾季子はすべて辻よりかなり年下の、押しかけ女房であった）ものの、終生野枝を忘れることはなかった。キヨは、辻が本格的にアルコールに依存し始めたのは、野枝の死がきっかけであったと推測している。

朴烈と金子文子は九月三日に保護検束として警察に連行され、やがて天皇や皇太子の暗殺を謀ったとして大逆罪により死刑を宣告される。その後無期懲役に減刑されたものの文子は獄中で縊死、朴烈は二十数年間の獄中生活を送ることになった。

関東大震災後の悪夢のような東京で、高漢容がどのように生き延びたのかは分からない。後に家族に語ったところによれば、彼もまた、竹槍を手にした〈自警団〉に出くわしていた。しかし彼は、当時の〈自警団〉が朝鮮人を探し出すために言わせていた「十五円五十銭」を正確に発音できたために難を逃れたらしい。

話は横道にそれるが、秋山清は高漢容の日本語が完璧に近かったと証言している。

朝鮮人の知り合いはその頃から、ずっと今も居るが、高漢容ほどわれわれとなめらかに話せる人は珍しかった。朝鮮人くさい日本語では少しもなく、相当永いつきあいの中で、ただ一度だけ、彼の日本語の発音を注意したことがあったくらい。それは〈興味〉を彼が kômi というのをきいて、「それは kyômi というのだよ」といったことがあった。他にはその前にも後にも、間違いはなかった。

（秋山清『昼夜なく』）

濁音で始まる音は、韓国・朝鮮の人たちが苦手とするもので、日本語が相当堪能な人でも、うまく発音できなかったり、濁音と清音を聞き分けることができなかったりするものだ。高漢容は音感と、語学の才に恵まれていたのだろう。彼は朝鮮語、日本語、英語、ロシア語、エスペラント語ができた。

〈万歳後〉に急増した朝鮮人留学生のうち、相当数がこの時期に帰国した。また、留学するにしても、東京の生活環境が悪化したことにより、それ以外の地方に行く学生が多くなった。一九二四年十二月二十二日付『東亜日報』に高ダダの名で発表したエッセイ「うおむぴくりあ」には、「震災でひどい目に遭って帰ってきた」とあるから、高漢容も震災から間もなく帰国したらしい。

第三章　京城にて

高橋新吉、海峡を渡る

一九二四（大正十三）年九月に京城《けいじょう》を訪ねた高橋新吉の「ダガバジジンギヂ物語」の中で、高漢容《コハンヨン》は「金漢容」になっている。

私は、大正十三年の夏〔『高橋新吉全集』の年譜では九月〕、玄界灘を渡って、釜山から京城へ行った。金漢容《キンハンニョン》という青年が京城府体府洞から、度々手紙を呉れていたので、彼を訪ねるのが目的だった。〔……〕

金漢容は、府庁に勤めていた。彼は両親と一人の甥と暮していた。彼の家は元開城にあったのだが、京城に越して、まだ間がなかった。

私は二週間ほど、金漢容の家に、とめて貰ったのであった。妓生の温習会を見たり、漢江で月見をしたり、牛の頭を角ごと鍋に入れて、煮た汁を飲ませる居酒屋へ、金漢容に連れて行ってもらったりした。

「青春放浪」というエッセイにも同様の記述がある。

一九二四年の初秋、私は下駄ばきで、着流しで、玄界灘を渡った。釜山から、大邱に寄ったが、内野健児が、ここの中学校の教諭をしていた。京城の体府洞に、高漢容がいた。高君は私に手紙をよこして、ダダに共感していることを訴え、来遊をすすめたのであった〔新吉の実際の旅程は釜山―京城―大田―釜山〕。

開城の生まれで、府庁に勤めていた。博物館を見たり、陶器を見たり、妓生の温習会で、鼓を聞いたり、漢江の月をながめたりして、二十日あまりいて帰った。

オンドルの家で、朝鮮料理を食べて、風俗習慣を異にする外地旅行をしたのは、これが初めてだったが、南鮮の山河は、赤土の、索漠たる感じだった。

〈府庁〉は、京城府庁だ。役所勤めというのは、高漢容の「うおむぴくりあ」にある、震災から帰ってきて〈象徴役所〉に勤めているがあまりおもしろくない、という記述と合致する。ただし、象徴役所の〈象徴〉が何を意味するのかは分からない。同居していた甥は高漢容の二番目の姉の息子、李慶在《イギョンジェ》である。

高漢容は体府洞《チェブドン》の家から何度か高橋新吉に手紙を送って朝鮮に遊びに来いと言い、『ですぺら』を刊行したばかりの辻にも同様の手紙を送っていた。当初の目論見としては、二人を同時に招待して、京城でダダ講演会を開こうとしたものらしい。

高漢容の家が引っ越した理由は明確ではないが、これ以降、彼は京城で暮らした。この頃、開城《ケソン》の家が人手に渡ったのかも知れないし、あるいは同年七月二十日、開城に未曾有の大洪水が起こっているから、その被害を受けた可能性も考えられる。一九二四年七月二十三日付『東亜日報《トンアイルボ》』の記事によると、開城では十二日から雨が降り続き、二十日の大雨で洪水が起こった。浸水五千戸余り、床上浸水二千戸余り、半壊二百戸余り、全壊百戸余り、流失六戸、崩れた家の損害が十七万ウォン、死者九名、行方不明者多数、橋が七つ崩れるなどの被害があり、高麗青年会などの団体が被災民に炊き出しその他の救護活動を行っているとある。

ダダイスム（Dadaïsme）とは既成の権威、道徳、形式を拒否する芸術運動であり、第一次世界大戦当時のチューリヒに端を発する（もっとも、辻潤は、それより早い十八世紀に出版されたイギリスの作家ローレンス・スターンの『トリストラム・シャンディ』をダダの聖書と呼んでいる）。十九歳の高橋新吉は一九二〇年八月十五日付『万朝報』の紙面で、ダダを紹介する「享楽主義の最新芸術」、「ダダイズム一面観」を読んだ。新吉がその記事の中の、「［ダダの詩は］文字の組方が同じ頁の中に縦に組まれて居たり横に組まれて居たり甚だしきに至つては斜に組まれたりして居て、内容よりも外形に重きを置いて居るやうな傾向があるやうにも見受けられる」という部分に感激したあまり、その場でダダに〈感染〉したことは、広く知られている事実である。

新吉はすぐさまダダイストになり、ダダの詩を書き始めた。一九二一年八月に書いた記念碑的なダダのマニフェスト「断言はダダイスト」は、「一切のものがＤＡＤＡの敵だ。／一切を呪ひ殺し、啖《くら》ひ尽して、尚も飽き足らない舌を、彼は永遠の無産者の様にベロベロさしてゐる」という言葉で締めくくられているが、ダダの本質は、社会的権力に対する反逆精神であると言って差し支えないだろう。

皿皿皿皿皿皿皿皿皿皿皿皿皿皿皿皿皿皿皿
倦怠
額に蚯蚓《みみず》這ふ情熱
白米色のエプロンで
皿を拭くな
鼻の巣の黒い女
其処にも諸謔が燻すぶつてゐる
人生を水に溶かせ
冷めたシチューの鍋に
退屈が浮く
皿を割れ
皿を割れば

倦怠の響が出る。

（「一九一一年集21」『ダダイスト新吉の詩』）

〈皿の詩〉と通称されるこの作品は新吉の初期代表作であり、彼が食堂で皿を洗っていた時の経験が生かされている（皿という文字の数は、収録された詩集ごとに違うそうである）。新吉の作品は同時代の人々から、高踏派やデカダンや象徴派とは異なる、底辺の無産青年の心情を吐露したものと受け取られた。日本のダダが、この時始まった。

日本最初のダダ詩人高橋新吉が世に知られるようになりだしたのは、ダダ詩を『改造』一九二二年十月号に発表した頃であった。しかし新吉を一躍有名にしたのは、いわゆる〈発狂事件〉である。二二年の終わり頃のある日、新吉は小説家有島武郎の自宅を訪問し、社会に対する有島の態度をなじった後、有島から金をもらって加藤朝鳥、大泉黒石を訪ね、「今から俺はダダを全世界に宣伝するのだ」と言うと外に飛び出し、タクシーに乗って運転手を杖で殴った。彼は警察に捕まって留置場に入れられたのだが、この事件が新聞などで派手に取り上げられたために〈発狂詩人〉高橋新吉の名が世間に知られるようになった。ジャーナリズムがダダを宣伝してくれたようなものだ。

やがて辻潤が編集し、佐藤春夫が序文を寄せた『ダダイスト新吉の詩』が刊行されると、この詩集を読んだ日本各地の文学青年たちは即刻ダダに〈感染〉してダダ詩を書き始めた。山口県の中学を落第して京都の立命館中学に転入していた中原中也が『ダダイスト新吉の詩』に感激してダダ詩を書き始めたことも、よく知られた事実である。

ウワキはハミガキ
ウワバミはウロコ
太陽が落ちて
太陽の世界が始った

テッポーは戸袋
ヒョータンはキンチャク
太陽が上って
夜の世界が始った

オハグロは妖怪
下痢はトブクロ
レイメイと日暮が直径を描いて
ダダの世界が始った

(それを釈迦が眺めて
それをキリストが感心する)

(中原中也「ダダ音楽の歌詞」)

高橋新吉と辻潤をこよなく敬愛するようになった岡山在住の十六歳の美少年吉行エイスケ（一九〇六―四〇）は、さっそく自らダダイストを名乗り、一九二二年十二月に早くも『ダダイズム』という雑誌を創刊した。福岡でも二二年に古賀光二が『駄々』という雑誌を出した。

エイスケは昭和の初めに新興芸術派の一人としてもてはやされた作家だが、髪結いの亭主になるべく当時まだ珍しかったパーマの技術を妻あぐりに習わせたため、あぐりも有名美容師として雑誌などにたびたび登場する時の人となった。エイスケ自身は自分の作家としての才能にさっさと見切りをつけて株屋に転身したあげく、三十四歳で突然死してしまった。何とも気ぜわしい人生だ。後に長男淳之介は小説家、長女和子は女優、次女理恵も詩人・小説家と、それぞれ名を成す。

一九二四年七月に小説『ダダ』を出版してから朝鮮旅行に出かける頃には、新吉はもうダダをやめようと決意していた。仏教にのめりこんでいたためである。しかし、その後もダダに〈感染〉する文学青年は続々と現れつつあった。二四、五年ごろに創刊された雑誌の多くは、ダダを標榜するにしてもしないにしても、肯定するにしてもしないにしても、何らかの形でダダの影響をとどめていた。よく知られた橋本健吉（北園克衛）らの『ゲエ・ギムギガム・ブルルル・ギムゲム』、村山知義らの『ＭＡＶＯ（マヴォ）』以外にも、『ダムダム』、『ＤａＤａｉｓ』、『ヒドロパス』、『世界詩人』、『ド・ド・ド』、『ドン』、『回転時代』、『ダァナ』、『ネオ・ダダイズム』、『新個人主義芸術』などという雑誌がこの時期詩壇に溢れた。

村山知義の場合はドイツに滞在してヨーロッパの前衛芸術に接していたわけだが、帰朝した時期（一九二三年一月）がちょうど日本のダダ全盛期に当たったため、日本でいっそうダダに染まったらしい。村山は帰国直後の二年間、自分が「ダダイスト、ニヒリスト」であったと自覚している（『演劇的自叙伝』）。さらに、村山の家に出入りしていた高見順とその友人たちも感化され、続々とダダイストになった。

もちろん日本のダダのすべてが辻潤と高橋新吉の影響下に出発したということではない。堀口大学が紹介したフランスの作家ポール・モラン（一八八八―一九七六）もダダの源流の一つとなった。ダダイスト新吉より以前、日本未来派を名乗った平戸廉吉（一八九三―一九二二）も前衛的な詩作を試みていたし、今ではアナキズムの先駆とみなされている萩原恭次郎らの詩誌『赤と黒』は当時ダダの雑誌と見られていたと秋山清は言う（ただし、高橋新吉は異論を唱えている）。また、ダダという言葉などなかった時代のものでも、たとえば北原白秋（一八八五―一九四二）や山村暮鳥（一八八四―一九二四）の作品のあるものには、ダダに近い要素を見出すこともできるだろう。

韓国のダダも一九二四年ごろ始まっている。『開闢《ケビョク》』一九二四年二月号の「日本文壇の最近傾向」という文章の中で朴鍾和《パクチョンファ》は、関東大震災後の混乱した日本文壇の状況を伝えつつ、「このように文壇階級闘争が起こっている一方で、「ダダはダダだ」と宣言するダダイスムの本尊辻潤、詩人高橋新吉のデカダンや、ドイツ表現派作品の輸入などが人々の好奇心を誘った」と書いた。

同じ雑誌の同年九月号では高漢容が「ダダイスム」（執筆の日付は一九二四年八月七日）で八頁にわたりダダを説明しており、これが韓国における初の本格的な紹介だと言えよう。高漢容は『開闢』十月号にも「ソウルにやって来たダダイストの話」（日本の植民地支配下において朝鮮の首都は「京城」と名づけられ、日本語読みで「けいじょう」、朝鮮語読みでは「キョンソン」と呼ばれていたが、「ソウル」はもともと首都を意味する言葉であるため、朝鮮では当時もソウルという名称も使っていた）を書き、同年十一月から十二月にかけて『東亜日報』に「高《コ》ダダ」のペンネームで「ＤＡＤＡ」、「誤解された〈ダダ〉」、「うおむぴくりあ」を寄稿している。また、同じ一九二四年の十一月一日付『朝鮮日報』には方元龍《パンウォルリョン》が「世界の絶望――私の見たダダイスム」を、〈無為山峰コサリ〉（コサリは朝鮮語でワラビの意）が一九二四年十一月二十四日付『東亜日報』に「「ダダ」？「ダダ」！」を書いている。

「ソウルにやって来たダダイストの話」

東京でダダに〈感染〉していた高漢容は、高橋新吉に手紙を送って朝鮮に遊びに来いと誘い、それを読んだ新吉は、いつ出発するという事前連絡もなく、一九二四年九月、ふいにソウルにやって来た。

新吉は、「それから二十日ばかり経って私は四千円ばかりの神聖な金を自分のものとして眺めることの出来るような事が起こった。／それで間もなく私は朝鮮へ渡った」（「生蝕記」）と回想している。朝鮮に行く直前、新吉は大阪で浮浪者をしており、スリや置き引きをしつつ中之島図書館で本を読むという毎日を送っていた。四千円は大金である。「神聖な金」というからには、少なくとも盗んだ金ではないということだろうが、『ダダイスト新吉の詩』（一九二三）の印税だろうか。小説『ダダ』（一九二四）は定価二円で二千部刷ったというが、この本に関しては出版社（内外書房）が印税は出せないと言ったそうだから、少なくとも『ダダ』の印税ではない。同じ頃、最盛期だった辻潤の収入が月二百円だった。「衂血」（『ダダイスト新吉の詩』）には、四日間肉体労働をした時の賃金として一円七十銭もらったとある。四千円あれば新吉一人なら数年間働かないで暮らせただろう。新吉の父親はまだ生きていたから遺産ではないし、金の出所は謎である。

ともかく、新吉は思いがけない金が手に入ったために、旅に出る気になった。高漢容の文章によると、新吉は別府に行ったついでにふらりと朝鮮に立ち寄ったらしい。新吉は浴衣がけに風呂敷包み一つという軽装で、下関から船に乗って釜山に着き、そこから汽車で京城に来たはずだ。

その時のようすは「ソウルにやって来たダダイストの話」に描写されている（一八二―一九四頁参照）この文章によると、高漢容はソウルで新吉の講演会を開きたかったのだが、変なことを言って問題を起こすといけないので、まず自宅に友人たちを集めて話を聞いてみようと、ささやかな〈講演会〉を開いた。しかし新吉は、予想通りとんちんかんなことを言い始める。「私は、高橋新吉ではない。私はダダ新吉ではない。私はダガバジマクワウリではない。高橋と云う人間がどんなものであるか知らない……」。ここで目を引くのは、その時、一人の友人が「いや、ダダイストの間では構わないけどね。でもここに来てまで、そんなふうじゃ……」という反応を見せていることだ。彼らはすなわち、彼らは自ら新吉と同じ部類のダダイストであると自任していたということになる。彼らは新吉がソウルに来てから〈感染〉してダダイストになったのではなく、すでにダダイストとしての自覚を持っており、「愛し、尊敬してやまない」、「日本のダダ詩人高橋新吉君」を仲間として温かく迎え入れたのだ。彼らは日本各地の文学青年たちと同じく、一九二三年ごろに『ダダイスト新吉の詩』や日本の雑誌、新聞の記事を通じてダダに〈感染〉していたのだろう。

新吉が高漢容の家に滞在していた頃、朝鮮でダダイストを名乗っていた人物としては、高ダダ

（高漢容）の他に方《パン》ダダ（方元龍、一九〇五―七〇、金華山《キムファサン》と同一人物であると推定される）、金《キム》ニコライ（朴八陽《パクパリャン》、一九〇五―？）などがいた。また、高等普通学校時代に金華山、朴八陽とともに同人誌『揺籃』を出していた鄭《チョン》芝溶《ジヨン》（一九〇三―五〇？）も一時期確実にダダの影響を受けており、この四人より少し下の年代では林和《イムファ》、呉章煥《オジャンファン》、李箱《イサン》などもダダに深い関心を寄せていた。朴八陽の詩には「崔《チェ》ダダ」という名前が登場する。正体は特定できないものの、私は伝説の舞踊家崔承喜《チェスンヒ》の兄、崔《チェ》承一《スンイル》ではないかと推測している。他にも高漢容の文章の中には「開城の禹《ウ》ダダ」という人物もおり、これからダダになりそうな人もいるという。一九二五年三月十五日付『解放新聞』に日本語で寄稿した「北の国より」でも高漢容は、朝鮮にもダダイストのグループがあると明言している。「DADA」からも新吉の行動に関する部分を引用してみよう。

> 大蔵経を唱えていた、湿っぽいある夜が思い出される。ある日の夕方も出かけようという〓に勝てずふらふらとした歩調に合わせて社稷《サジク》公園の中の真っ暗な林の中に入ることになった。新吉は地面にしゃがんでお経を唱え始めた。ふざけているのか本気なのか見分けのつかないほどだったから、とにかく立って見ていると、だんだん勢いが激しくなり、気勢は実に猛烈になった。
>
> いくら揺さぶって出ようと言っても馬の耳に念仏で、どうしようもなかった。
>
> （高ダダ「DADA」、一九四―二〇二頁参照）

自身の小説『ダダ』の中でも新吉は、東京、大阪、神戸、広島などどこに行っても「アガンボジョー」、「ダダダダ　ダダダダ　ダダイスト、ダガバジ　マクワウリ」と叫んで歩き、神戸のキリスト教青年会館で開かれた講演会に、辻潤の代わりに弁士の一人として参加し、「シャクソン氏（釈尊、すなわちおシャカ様のこと）の癲癇とアインシュタインの細君」というタイトルで講演して聴衆をざわめかせたと書いている。停止命令が出た講演会というのは、このことだ。

一九二二年、突然家に訪ねてきた新吉のようすを、辻潤は次のように描写している。「ねずみ色の外套、首に巻きつけた色の分からないようになったハンケチ、煮しめたような風呂敷包み、バスケット、草履を穿いた汚い足、モジャモジャの頭、鉄縁の奥に光っている鋭い黒い眼つき――どっから見てもブルジョアの玄関払いを食わせられる資格は充分備えていた」（『ダダイスト新吉の詩』に寄せた「序」）。その後、辻潤が古新聞に書いた紹介状を携えて佐藤春夫の家を訪れた新吉は、「オドオドしたような言葉で、つかれきったような目つきで人を見上げる、そのくせ何となく人を食ったような太々しい様子」（佐藤春夫「高橋新吉のこと」）だった。新吉は面識のなかった武林無想庵の家もいきなり訪れている。無想庵の「文明病患者」によると、部屋に入ってきた中肉中背の若い男は顔だちはいいが髪の毛が伸び放題で顔は垢だらけ、目がとろんとして唇が震えている。簡単な自己紹介が終わると、頭陀袋から原稿用紙を取り出して、「ダダは一切である。一切は否定だ。否定は肯定だ。ダダは仏陀である……」と読み上げ、まもなく帰って行った。新吉は後日、無想庵の留守中にまたやって来て、女中の春子に一目ぼれしてしまい、どうしても女房にすると言い張ったりした。高漢容の家を訪れた新吉のようすも、大差なかったはずだ。ときどき大声で叫んだり、出し抜けに笑いだしたりする男を二週間も世話しつつソウル見物をさせてやるのはさぞかし大変だったろうが、高はとても楽しそうだ。

さて、ソウルの龍山《ヨンサン》駅から汽車に乗った新吉はというと、そのまま釜山には向かわず、途中、大《テ》田《ジョン》で降りて、内野健児を訪ねている。内野は対馬出身の詩人で、後にプロレタリア文学に傾倒し、新井徹《てつ》というペンネームで活躍した。当時は大田で中学校の教師をしつつ『耕人』という雑誌を発行していた。内野は一九二二年ごろに平戸廉吉から、新吉が謄写版でつくった『まくわうり詩集』を受け取っており、新吉に興味を抱いていた。

「浴衣一枚風呂敷一ツ飄然とダダイスト新吉来る。京城なる高漢容君の許に一旬の日子（十日間の意）を送り、帰途立寄れるもの。彼「キチガイになっていたんです」という」（「編輯余録」『耕人』三十五号、一九二四年十一月）。内野が「実に本号に揚げ得た彼の詩は発狂後最初の異彩ある詩作である」という、新吉の作品を全文引用する。

「漢江の水に踊り込むべし」
モーターボートにヴァイオリンを積んで
鉄橋の下をくぐるなんか
両班の息子よ
よしたまへ
アリイロン――

アラリイイユウーウ
濁酒に酔つ払つたイルボンサラムが
月と処女《ちょうにょ》を引つ摑んで打つ突けようとするから
寸時待つて下さい　の立札位　無用なものはないだらう。
タンギイヤ
漢江の水に踊り込むべし

「失題」
パコダ公園の音楽堂に
今日は李王時代の奏楽があるし
露店では
一本二十銭のタンソが
君の様な神仙炉好きの臨時休業を待つてゐるであらうよ

朝鮮語を原語のまま日本語に混ぜてエキゾチックな効果を出した作品だ。両班《ヤンバン》は朝鮮貴族、「アリイロン、アラリイイユウーウ」は、おなじみの朝鮮民謡「アリラン」の歌詞「アリラン、アラリヨ」を、聞こえたまま表記したものである。イルボンサラムは日本人、処女は朝鮮語ではチョニョと発音し、乙女、若い娘という意味である。タンソ（短簫）は竹の笛、神仙炉は朝鮮の鍋物で、高級料理だ。タンギイヤは何だか分からない。

内野健児はこの詩について次のように評している。

発狂後の第一作という高橋新吉君の「漢江の水に踊り込むべし」他一篇も出色あるものであった。ただ中に鮮語が用いてあったので、この方面にうとい人には分かりかねた事だったろうと想う。これは編輯子が註解でもつけて置けばよかったのに、全く気の利かぬ事であった。渡鮮後これら数篇の詩を作るまでは、一年間ほど発狂のため詩作から遠ざかっていたとの事だ。耕人を見て「皆仲々やってるですね。僕もこれから勉強しなくちゃ……」といっていた君が帰郷後、読売等に段々作詩を発表し出したのをみてほほえまれた。君の詩は直覚的で、飛躍する飛躍！　そこに力がある。凡俗を飛躍した姿だ。

（『耕人』三十八号、一九二五年三月）

「漢江の水に踊り込むべし」は、詩句に多少の異同はあるものの、やはり朝鮮旅行中の作とおぼしい「釜山から」、「京城まで」、「鍾路」、「ハゲタカ」とともに詩集『祇園祭り』（一九二六）に収録されている。

『耕人』三十七号にも新吉の詩が掲載されているので、これも全文引用しておく。

「頭の悪い時の詩」

私を二十日分あなたに上げよう

深山大海のヌーボーを教へて下さい。

人生は暑い風の吹く所だ。
神は植木だ
僕は不満である。
幸福は女の鼻毛に二三本混つてゐた。
飛行機が昨日、俺の
　顎の下　を　通つた。

×　　×

日米若し戦はゞ
自動車を内臓から抽《ひ》き出して飛行させよう
或老婆がダニに向つて憤激してゐる
のを見て済してゐる事は出来得ない。

最初の二連は高漢容が「ソウルにやって来たダダイストの話」に引用しているものと、ほぼ同じであり、ソウル滞在時に書かれたものだと分かる。『耕人』の発表の方が後なので、高漢容は直接高橋新吉がメモしたものを書きうつして持っていたものだろう。これらは後に若干手を加えられ、それぞれ「ハツカブン」、「幸福」というタイトルで『祇園祭り』に収められた。この時代の「頭が悪い」という表現は、悩みが多くて考えがまとまらない、というほどの意味らしい。

新吉が次に朝鮮を訪れたのは一九三九（昭和十四）年で、中国で遺跡を見学し、上海にもひと月滞在した。以下の文章は、作家李鳳九《イボング》が、ソウルを再訪した新吉のようすをスケッチしたものだ。

> こんなある日、つまり解放の四年前だったか。日本のダダイスト詩人高橋新吉が満州の大同石仏を見に行く途中にソウルに立ち寄り、呉章煥の案内で明洞《ミョンドン》に現れた。
>
> すり切れたコートに古びたキャップをかぶり、荷物と言えば、列車の時刻表が入った、肩にかけたバスケット一つだけだった。
>
> 明洞の名物であるバーグランのコース料理、カネボウの洋食、川長《かわちょう》の鰻丼、江戸川のすき焼き、そして白龍、ノアノア、黄昏、オアシス、羅典区など、個性豊かなグリルとティールームを見物した高橋は、夜になると鍾路《チョンノ》の食道園で妓生《キーセン》と神仙炉に酔い、年若い花嫁のように顔を赤らめた。
>
> 独身で一人で暮らしている日本の代表的ダダイスト詩人が明洞の街で豪遊したわけだ。費用は南蛮書店という風変わりな本屋を経営する呉章煥が、日本にいた時に親交があった高橋のためにおごったのである。
>
> こうして明洞の仲間数人は明洞を出て食道園という料理屋で妓生の長鼓《チャンゴ》の音を聴きながら久しぶりに素晴らしい夜を過ごした。翌日高橋は博物館を見物し、続いて昌慶苑《チャンギョンウォン》に行った。

動物園を見ている時、彼は子熊の前で足を止めた。母熊はおらず、二匹の子熊が、退屈でつまらなかったのか、相撲を取っていた。倒れたりひっくり返ったり、勝負のつかない遊びだった。しばらくその光景を見て明洞に戻った彼は、手帳を取り出して何か書いていたかと思うと、我々に見せてくれた。

短い三行詩だった。

公園の子熊は悲しい。
二匹で相撲を取っている。
そして転んでしまうのだなあ

とても平凡な、少しもの足りない詩だったけれど、小さな声で読んでみれば虚無にも通じる静けさがあって、読み上げてみるだけのことはある、彼の即興詩だった。勝ち負けには頓着しないで、ただ一日中寂しく退屈なところで相撲ばかりしている子熊！　考えれば考えるほど、寂しく悲しい映像ではないか？

高橋は袖の取れてしまったワイシャツを着て、空が見える、穴の開いた靴を引きずっていた。

「大同石仏を見れば、いい詩が浮かぶかも知れん」

と笑みを浮かべてから、

「サヨナラ！　サヨナラ！」

を何度も言いながら、満州行きの列車に乗り込んだ。

（李鳳九『明洞』、ソウル、三中堂、一九六七。引用された新吉の詩は李鳳九が韓国語に訳してハングルで記したものを引用者が日本語に訳したもので、日本語の原文は不明）

この訪問で新吉は、詩人徐廷柱《ソジョンジュ》や呉相淳《オサンスン》と仏教の話で意気投合した。大同の石仏とは中国山西省大同市にある雲崗石窟の仏像である。この旅行は仏教の雑誌『大法輪』の特派員という名目だったが、実際には大同の石仏を見に行きたいという新吉に、大法輪閣の石原社長がポケットマネーから片道切符だけを買ってやったもので、浮浪者同然の貧乏旅行であった。「ダガバジジンギヂ物語」によると、慶州では石窟寺院を見学し、京城の〈井口氏宅〉（新吉の「朝もよし」というエッセイに出て来る「もう一人の井口青年」の家だろう）で二、三泊したという。途中、平壌にも立ち寄り、「馬君を訪ねて、焼肉を食べた」とある。この時の朝鮮、中国旅行記は一九四一年の『愚行集』というエッセイ集に収められており、その中の「古墳」によれば、馬君は戯曲を研究している青年で、平壌に家があるというから、馬海松《マヘソン》とは別人らしい。新吉は後に「正倉院展をみて」という文の中で、「私は、朝鮮の開城で暫くいたことがある」とも書いている。

最初の訪朝から十三年を経て三十八歳になっていた新吉は相変わらず独り身で、貧乏で、無邪気な男だった。こんな新吉には、誰もが心を許した。「朝鮮詩集と現代詩手帳《[ママ]》」では、「かつて私が平壌に遊んだ時、江西の古墳の壁画を見たのと、数人の詩人達から「日本語で、詩を書くべきか、朝鮮語で書くべきか」を問われた事がある。今でも脳裡にコビリ付いて離れない。北鮮の詩人達は激越な調子で、日本の統治をのろい、朝鮮語の衰微を憤っていた」とも書いている。また、これは新吉が若い頃の話だが、東京で暮らしている時に毎日一緒に喫茶店通いをするほど親しかった林承《イムスン》坤《ゴン》という留学生は、「日本の統治に対する激烈な反抗心を、胸の底に持っているらしかった」（「ダガバジジンギヂ物語」）。朝鮮の友人たちは、新吉の前では安心して日本の植民地支配を批判できた。

『大法輪』に二回に分けて発表した旅行記（後に『愚行集』に収録）は、主目的である仏教寺院や遺跡を見学した時のようすを丁寧に綴っており、文章に奇矯な感じはない。新吉は、かねてから見たかった遺跡などが見られる喜びに溢れ、実に熱心に見て回っている。まるで、真面目な修学旅行生のようだ。『大法輪』一九三九年六月号には「新羅の古都――慶州の遺跡を探る」というタイトルの下、仏国寺、石窟庵、掛陵《がりょう》を訪れた時の見聞を記している。印象的なのは、この時に新吉が偶然出会った朝鮮の人々の親切に感銘を受けていることだ。歩きすぎて足にマメをつくった新吉が靴を脱いで裸足で歩き出すと、二人の青年が日本語で、「あなた自転車に乗れますか」と声をかけてきた。足が痛そうなので、自分たちの自転車に乗って行けというのだ。新吉は親切に甘えて自転車を借りることにした。二人の青年は、走って後からついてくる。自転車を返して礼を言うと、青年はイイエと答えた。「半島人の親切には度外れたものがあると僕は考えた」。

　その日は朝鮮式の旅館に一泊し、翌日瞻星台《せんせいだい》、石氷庫、月城址、雁鴨池、皇龍寺跡、芬皇寺を巡った。雨が降り出したので、傘を持たない新吉は濡れながら柏栗寺を目指して歩いた。ところが偶然出会ったある老人は、「蝙蝠《こうもり》傘を二つ出して、僕に一つ貸してくれ、息子に態々《わざわざ》案内することを命じた。銭を置こうとすると取らないのである」。四面石仏の前で「息子に蝙蝠傘を返して、金をやろうとするとどうしても取らない。僕はまたここで、並外れた半島人の親切さを見た」。彼らはもちろん、このみすぼらしい男が有名なダダイストであることは知らない。新吉はその後、柏栗寺、美術館、鶏林を見て京城に向かう。

一九三九年七月号には「北京遊覧記」が掲載されている。新吉はここでも名所めぐりをし、芝居を見物したり、現地の物を食べたりして一人旅を楽しんでいる。『大法輪』編集者の手になるその号の編集後記は、盧溝橋事件から二年後という時勢を反映して〈東亜の新秩序〉などという言葉を威勢よく使っているものの、新吉の旅行記に、日中戦争は不思議なくらい影を落としていない。日本人の優越を誇ったり、朝鮮や中国の人々を見下げたりするようなこともない。『愚行集』に収められた「半島遊記」では、朝鮮では妓生の歌声や立ち居振る舞いに非常な感銘を受け、「少くとも五百年以上の洗練された伝統が織込まれていることを私は思うのだ」と書き、「華厳寺と石仏古寺」の末尾を「支那民族の偉大さ――／東洋文化の優秀さ――／僕は大同に来て、より強い感激を受けた……」と締めくくっている。

高橋の妻喜久子は、朝鮮戦争（一九五〇年六月二十五日勃発）の際、北朝鮮から密航してきた友人が新吉の家に駆けこんできたと記している。「「僕ら兄弟どうし殺し合うんです」と悲痛な声であった」（高橋喜久子「高橋新吉覚え書」四、『現代詩手帖』一九八九年六月号）。一九五七年に国際ペン大会が東京で開催された際、九月二日の現代詩人会主催の午餐会には新吉も出席した。会が終わってから新吉は日本語のできる趙炳華《チョビョンファ》（一九二一―二〇〇三）という詩人を紹介され、平壌の李鳳九の消息などを伝え聞いた。

一九六〇年代以後は、ダダイストとしてよりも〈禅の詩人〉としての新吉を慕う韓国の詩人がいたという。

徐廷柱とは戦前著者が訪韓して以来の知遇であるが、戦後一九六〇年代頃から著者を訪問した韓国詩人は二、三にとどまらない。きびしい南北緊張の中で禅に関心をもつ若い詩人のあることに著者自身おどろき、暖かく迎えていた。昭和五十二年八月、韓国の詩人金良植がソウルの関係各誌に高橋新吉の紹介記事を書いたりしたのも、そのような事情からであった。

（一柳［高橋］喜久子「解題」『高橋新吉全集』四）

金良植《キムヤンシク》は一九三一年生まれで、インド哲学を修めた女性詩人らしいが、どの雑誌に何を書いたのかはよく分からない。

参考までに、高橋新吉の仏教的詩篇のうちよく知られた作品を少し引いておく。

「るす」

留守と言へ
ここには誰れも居らぬと言へ
五億年経つたら帰つて来る

「貝」

何もないから
生れることもなければ
死ぬこともない

貝は空っぽだ
生臭い身は潮とともに流れた

貝は
月に濡れ
太陽に乾されて
砂に眠る

再び海を孕むことはない
一切のことが何の関係もない
波の消えさるように
貝もまた消えていく

恩人辻潤

高が『開闢』一九二四年九月号に寄稿した「ダダイスム」（一七三—一八二頁参照）は、森口多里が日本に紹介したトリスタン・ツァラの「ダダ宣言」などを引用しながらヨーロッパのダダから話を始めているが、この文の後半は辻潤の引用に当てられており、高漢容がいかに辻に心酔していたかが分かる。

「ダダイスム」には辻潤の「るふれん」、「ダダの話」、「文学以外」、「あびばッち」、「陀々羅断語」、「ぐりんぷす・DADA」などにある表現がちりばめられているが、すべて一九二四年七月刊行の『ですぺら』からの引用だ。さらに、森口多里の『近代美術十二講』（一九二二）も参照して内容を補っている。英語の詩は、辻潤が英語の雑誌から「ぐりんぷす・DADA」に引用しているものを拝借したらしい（大文字と小文字の使い分け、行分けの仕方などに異同があるが、とりあえず『開闢』の誌面どおりに写した）。この詩はウィリアム・ブレイクの詩 "To Spring" のパロディのようだが、作者は分からない。ウィリアム・ブレイク研究は、今はさほど盛んではないだろうが、この当時は柳宗悦の『キリアム・ブレーク——彼の生涯と製作及びその思想』（一九一四）からブームに火がついて、英文学界の主流であった。日大美学科一九二二年度の英語の授業では「山宮氏」の『現代詩選集』（『現代英詩選集』の誤りと思われる）がリーダーの教科書として使用されている（一九二二年四月二十三日付『日大新聞』「新年度の教科書」）が、「山宮氏」はブレイク研究者の一人、山宮允《さんぐうまこと》であろう。高漢容もブレイクの詩を読んだはずだ。チューリヒうんぬんの話は辻潤の「ダダの話」に出てくるものだが、辻は片山孤村の「駄駄主義の研究」(一九二二)で紹介されているヒュルゼンベック「ダダ主義の歴史」などをネタにしているらしい。「煙草のハイログラフ」は、辻の文章に何度か登場する言葉で、煙草の煙が象形文字(ヒエログリフ)に見えるということのようだ。「真夜中に煙草のハイログラフを読む楽しみを君は知っているかね!」(辻潤「ダダの言葉」『痴人の独語』)。

これだけではなく、高ダダの名で一九二四年十二月二十二日付『東亜日報』に掲載された「うおむぴくりあ」にも、辻の文章が引用されている。そもそも、「うおむぴくりあ」などという、ギリシャ語みたいなラテン語みたいな造語みたいな、意味の分からない胡散臭いタイトルからして、いかにも辻っぽいのだ(「うおむぴくりあ」の意味は不明)。辻は著書『ですぺら』のタイトルについて、desperation を友人との会話でふざけて「ですぺら」と言い慣わしていたものだと書いている。だから高漢容の文章のタイトルの訳も、あえて辻潤風にひらがなにしてみた(二〇五—二一〇頁参照)。「うおむぴくりあ」においても辻潤の影響は歴然としている。参考までに辻の「ですぺら」から少し引用しておくので、「うおむぴくりあ」の冒頭部と比較していただきたい。

人は誰でもみんなめいめいになにかしら人生観を持っている。意識的にあるいは無意識的に。持たなければならないものではないが、みんな自然に持っている。

人生はただ一ッ、それを見る眼は千差万別だ。そこで色々様々な人生がその色眼鏡に反映する。

各人が各自の人生の中に生きている。そして各自は他人の色眼鏡の反映に相互に影響され合

う。〔……〕
うるさいのは自分のかけている色眼鏡をやたら他人に押し売りをしようとする奴だ。自分が考えて、信じているだけでは満足せずに他人にまでそれを押しつけようとする奴だ。

狂いそうなほど煩悶した末に高漢容がたどりついたのが、辻潤のダダだった。高漢容は、辻潤によって救われた。それで彼は辻潤を、「僕の恩人」（「DADA」）と呼んでいる。

京城文壇あげての大歓迎

高漢容は少なくとも一九二四年夏ごろまでには辻に手紙を送り、京城に遊びに来るよう誘っていた。同年八月七日執筆の「ダダイスム」の末尾は「ダダが来る！　その時々で、好き勝手にするダダのことだから分からないとは言え、先頃辻潤君から来た手紙によれば、この秋にいちど朝鮮に来るつもりだとのことであった。来たら、朝鮮のダダ諸君、いちど一緒に遊んでみるのはいかがだろう」という言葉で締めくくられている。しかし、十一月七日執筆の「DADA」には、「僕の恩人である辻潤は最近、長年のデタラメな生活に利子がついて、今は寝ついているという。DA・DAの恩寵のもと、彼の病が全快することを、ダダ様の名を仰ぎつつ切に願ってやまない」とあり、辻は具合が悪いから朝鮮行きを延期するとの手紙を高漢容に送ったらしい。

辻潤が実際にソウルを訪れたのは同年十二月末ごろである。次の引用は、彼が後に精神科医に語った言葉だ。

僕のファンが朝鮮にいて、是非一度来いと言うので行ったがね、そのファンは顔を全然知らない奴なんだがね、それで僕が駅に降りると、その男が大きい字でダダイズムと書いた旗を持って、独りで来ていやがるんだ、面白い奴だったよ。

（小南又一郎「漂泊のダダイストと医師との対話――知能高き慢性酒精中毒者の生涯」『虚無思想研究』十一〔一九九四年十一月〕より再引用）

「面白い奴」は、もちろん高漢容だ。小南は京都帝大教授で法医学者。面会が行われたのは一九三七年で、辻が京都で放浪していて警察に保護され、岩倉病院に強制収容された際に精神鑑定を受けたものだ。この問答は『サンデー毎日』一九三七年七月十八日号に「狂へるダダイストの精神鑑定」というタイトルで掲載された。

日本で名高い〈ダダの本尊〉がやって来るという消息は、朝鮮の作家たちの注目するところとなり、廉想渉《ヨムサンソプ》、羅稲香《ナドヒャン》、玄鎮健《ヒョンジンゴン》、朴鍾和、卞栄魯《ピョンヨンノ》、呉相淳といった作家たちは、辻を太西館という料理屋に招待して夕食を共にした。まだ小説家や詩人の数が少なかった当時の朝鮮において、この顔触れは人気作家が勢ぞろいしたと言ってもいいような豪華さだ。まさに京城文壇あげての大歓迎である。太西館は有名な高級料亭だったらしく、後に火事で全焼した時には、『東亜日報』が号外を出している。

さてこの夜は辻潤も朝鮮の作家たちも、機嫌よく酔っぱらった。

意気の上がった憑虚《ピンホ》〔玄鎮健の号〕や横歩《フェンボ》〔廉想渉の号〕が先頭に立ち、辻潤を連れてソウルの居酒屋巡礼に出た。

辻潤は、パリの裏通りをうろついたざっくばらんな詩人であり〔実際には辻がパリに行ったのは朝鮮旅行より後のことである〕、わが国で特にそうした虚無主義思想の傾向を持っている空超呉《コンチョ》相淳といつしか意気投合し、鍾路から始まって東大門《トンデムン》まで裏通りごとに飲み屋に入り、午前二時までほっつきあるいたそうだ。

六十杯飲み、辻潤も相当きこしめした。辻潤は、東京に戻ってから、この飲み屋巡りがいちばん印象に残っていると述懐したそうである。

（李鳳九『明洞』、ソウル、三中堂、一九六七）

ピストル乱射事件の真相

朝鮮での辻潤に関して、少し気になる記述がある。


朝鮮の高漢容という青年に招かれて渡鮮、京城に遊ぶ。ある夜誘われて共産党の秘密会合に出席したら、拳銃の乱射騒ぎに遇い、警察隊の出勤〔ママ〕となり、一週間穴倉に匿われる。高漢容はアナーキストの一派だった。

（高木護編『辻潤全集』別巻）


朝鮮での辻潤は、ある夜、誘われるままに共産党のアングラ集会に出席したところ、ピストル乱射騒ぎから警察隊の出動となり、一週間もどこかの穴倉に潜っていなければならなくなったという。高漢洋〔ママ〕は、当時も総督府庁に勤めていたアナーキストだった。

（玉川信明『ダダイスト辻潤』）

辻潤の朝鮮旅行は、朝鮮へもどった友人高漢容に誘われての旅だった。玄界灘をわたって、釜山から京城まで出かけていった。ある夜、共産党の秘密集会に出席したところ、ピストル乱射騒ぎがあって警察隊の出動となった。そのため、辻は一週間も穴倉のなかにかくれていなければならなかった。

（倉橋健一『辻潤への愛』）

これらの記述はおそらく菅野青顔『空々くろろん』（宮城、桜井文庫一九五三、『虚無思想研究』三〔一九八三年二月〕に全文収録されている）という豆本の記述を元にしていると思われる。『空々くろろん』では以下のようになっている。「この京城に遊んだ時の事件はあまり知られていない。大正十三年十二月のことで、京城体府洞の高漢陽〔ママ〕と言ふ青年に招かれ渡鮮したのだが、高はアナアキストで、一夜誘わるるまま一緒に共産党の秘密集会に乗り込んだところからピストルの乱射、格闘と大騒ぎとなり遂に警官隊のため共々に包囲され、辛うじて危機を脱したものの、探索がやかましかったので、一週間も穴倉にかくまわれていたと言うことだ」。

しかし、これはおそらくハッタリだ。辻がでっちあげた武勇伝を、菅野が真に受けたのだろう。辻は、先に引いた小南又一郎との面会で、「朝鮮に一ヶ月程居たがね、〔……〕又此の時僕はコンミュニストの会も行ったがね、なんだかみんなが変な顔をするし、言う事が皆朝鮮語で何にも分かんないから、早速逃げ帰った」と述べているから、これが実際のところだと思われる。もっとも、高漢容がコミュニストの集会に出席するというのも少々奇妙なのだが、これは朝鮮語がさっぱり分からない辻の誤解だろう。辻が歓迎されなかったところを見ると、少なくともダダ関連の集会ではない。もしほんとうに辻がピストル乱射事件に巻き込まれていたなら新聞で報道され、韓国の作家たちの間でも話題になっただろうし、李鳳九も事件について何か書いたはずだ。

辻は朝鮮に滞在したひと月の間ずっと高の家にいたのかも知れないが、朝鮮在住の日本人の中にも辻の知己あるいはファンがいただろうから、そういった人の家にも厄介になったのではないかと思われる。ふらりと遠出して、以前から便りをくれていたファンの家を訪ねてしばらく食客になる。辻潤や高橋新吉の旅は、いつでもそんなふうだった。辻の「こんとら・ちくとら」では一月の末に帰国したとある。

崔承喜と辻潤

小南医師との問答で、もう一つ気になる部分がある。「朝鮮では何か仕事をしましたか。――いや何もせずに遊んでいたよ、朝鮮に一ヶ月程居たがね、其時に崔承喜に初めて会ったが、彼女はまだ其時十二、三だったよ」。後の大スター崔承喜がモダンダンスの先駆者石井漠に入門するのは一九二六年三月二十一日、石井漠の京城公演の時だから、辻に会った時点ではまだ舞踊を始めてすらおらず、無名の一少女に過ぎない。では、辻はなぜ崔承喜という少女に会い、その名を記憶していたのか。

崔承喜を石井漠の門下に入門するよう勧めたのは、兄の崔承一である。崔承一は小説も書き、後にプロレタリア文学の団体KAPF（カップ、朝鮮プロレタリア芸術家同盟）に参加した作家だが、東京留学では高漢容と同時期に日大美学科に学び、演劇を専攻していた。さらに、承喜が石井漠に入門した時、家は京城府体府洞にあった。高橋や辻が遊びに来た時の高漢容の家も体府洞だったから、おそらく彼らはすぐ近所にいて、親しくつきあっていた可能性は高い。そしてこの崔承一が、辻潤ファンの一人だった。

一九二六年十一月発行の『別乾坤《ピョルコンゴン》』一号に、崔承一は八月に東京へ行ってきた時のことを書いている。石井漠に預けた妹のようすを見に行くというのが主な目的であったようである。承喜と石井漠に出迎えられた承一は、武蔵境の石井漠舞踊研究所に泊まって東京で数日過ごした後、鎌倉に行き、竹久夢二や久米正雄に会った。竹久夢二については「とても教養のありそうな人だった。爽やかな人だ――辻潤君の印象に似た感じを受けた」と記し、文の最後を「日本の人気男児辻潤氏にもちょっと会っておきたかったのに、何しろ遠いので――日にちの余裕がなくて、会えなかったのがたいへん遺憾だ」と締めくくっている。ここから、彼が辻潤に会ったことがあり、好感を持っていたことが分かる。

もと〈ペラゴロ〉（オペラのゴロツキの意で、浅草オペラの熱狂的なファンを言う）であった辻潤は、石井漠が舞踊家になる以前、浅草オペラに出ていた歌手時代から、非常に親しい関係にあった。それで、最初の妻伊藤野枝が大杉栄の元に走った後、ひと月ほど五歳の長男まことを石井漠に預けていたこともあったし、一九三二年の春には家を引き払って旅に出るからと言い、小さな行李を石井に預けている。つまり辻にとって、最も大切なものを預けられる相手が、石井漠だった。崔承一は東京で演劇を専攻したのだから石井漠の舞踊を実際に見ただろう。だがもし崔承一が、辻潤が石井漠に寄せる信頼の念についても知っていたとしたら、それは妹を預ける際にこの人なら大丈夫だと確信する理由の一つになったのではないだろうか。当時は朝鮮でも、良家の子女が人前でダンスを踊ることを職業にするなど、とんでもないことだった。もちろんモダンダンスが何なのか、周囲が理解できるはずもない。承一は母に内緒で妹を石井漠に預けてしまうという、大胆な行動に出た。

その時に当時京城日報の学芸部長をやっていた寺田寿夫氏の紹介状を持って、私の楽屋を訪れた二人の兄妹があった。兄承一君の話によれば、自分の妹をどうしても舞踊家に仕上げたいのだという。どうか世話をしてくれるようにとの事であった。その妹というのは云うまでもなく今の崔承喜ではあるが、その頃の崔承喜は、淑明女学校を卒業したとは云うものの、まだ十六歳の小柄な少女に過ぎなかった。

（石井漠『私の顔』）

いくらダンスが素晴らしくても、石井漠の人柄について相当の確信がなければ崔承一が妹を石井漠の家に寄宿させることはできなかっただろう。石井漠は期待にたがわず、自分の家に承喜を住まわせ、実の娘のごとく大事に教育した。

第四章　再び東京、そして宮崎

『詩戦行』の仲間たち

秋山清（一九〇四―八八）は、一九二三（大正十二）年九月関東大震災が起こった際に見聞きした朝鮮人虐殺事件、さらに、かねてから尊敬していた大杉栄を始めとするアナキスト、社会主義者たちが虐殺された事件をきっかけにアナキズムに関心を抱くようになったという。戦前は左翼として行動し、戦時中は戦争に協力し、戦後にはろくに反省もしないまま再び左翼的な作品を書いて脚光を浴びた作家、詩人たちとは違い、詩壇に距離を置いて暮らした秋山を、吉本隆明はただ一人の真正な抵抗詩人と評価した。秋山は三七年から木材通信社という会社に勤めた。社長は倉持善三郎というアナキストで、全社員三十数人の半分近くが左翼の経歴を持っていたから、その点においてはちょっと満鉄調査部に似た職場であった。少しすると会社をやめて嘱託になるが、その後も木材関係の仕事を続け、終戦直後には『日刊木材通信』を発行している。

秋山は一九二三年に入学した日本大学法文学部予科で斎藤峻《たかし》に出会い、翌年十一月、斎藤と親しかった川路柳虹門下の詩人細田東洋男、斎藤の中学校以来の友人である小林一郎を加えた四人で『詩戦行《しせんこう》』という ささやかな詩誌を発行することになる。勢いのいい名前だが、この時点で『詩戦行』がはっきりとアナキズムを志向していたわけではない。

秋山は一九二四年の暮れごろから十七歳の少女と同棲しており（入籍するが、後に離婚）、翌年の春には九州から上京した秋山の母親も同居した。この頃から『詩戦行』の同人が急に増え、鉄道局に勤務する者、エレベーターボーイなど勤労青年たちが加わって二十人を超えた。東大久保の秋山宅に斎藤が下宿し、さらに他のメンバーもひんぱんに寝泊まりするようになると、家は小さなコミューンの様相を呈するようになる。

大正十四（一九二五）年の春に私の母が上京してきたその私の家に、独り立ちして生活してみたいということを許された斎藤峻がいっしょに寝起きするようになると、毎日のように同人の誰彼が集まってきた。東京市外東大久保八十三番地、そこは抜弁天《ぬけべんてん》という市電の停留所から近いところだった。小林がやって来る、佐藤義雄が同居する、最初の妻と別れて失意困憊の遠地輝武を寄食させる、笹辺邦久も少しばかりの荷物をもって来る、近いところに住居を移した細田東洋男が小林の父の事務所に小林の斡旋で勤めるようになる、千葉から泊りがけで麻生哲が月に二、三度と来ていたりする、といった風で毎日四人五人と仲間が泊って居り、そのうち働いている者が、斎藤を先頭にして毎月一定のものを生活費として出すということになり、常住しない者もいくらか分担することにして、私自身はその頃失業者だったが、最低の生活だけはどうにかなるといった羽目になった。皆が拠出する金は母があずかり、家賃と食費は心配なく、コーヒー代と電車賃は誰かが支払って神田、日本橋、銀座、大塚、新宿とよく歩きまわり、集会や講演会など皆で押しかけていって聞き、帰って来ては十二時一時までも議論に熱中した。

(秋山清「『詩戦行』のコンミュン」)

二年ほど続いたこの小さなコミューンは、徐々にアナキズムの色彩を帯びてきた。そして、(おそらく一九二五年三月ごろ)再び東京に戻っていた高漢容《コハニョン》も、その中にいた。

東京のどこで彼と出逢い、行ったり来たりするようになっていたか、もうはっきりしないが、多分年齢は同じか、一つくらい彼が上だった。東大久保の私たちのコンミューンにも遊びに来て、おそくまで皆の議論をきいたりしていたが、滅多に発言しなかった。かといって日本語がしゃべれぬのではない。朝鮮人の知り合いはその頃から、ずっと今も居るが、高漢容ほどわれわれとなめらかに話せる人は珍しかった。〔……〕

その頃は本郷の東大付属病院の食堂ではたらき、夕方から時どき家にやって来ていたが、集まって来る中で一番の美男子だった。その上健康に陽やけして、きめの細かい皮膚の色が特色だった。

(秋山清「東京音頭」『昼夜なく』)

当時の日大では予科だろうが本科だろうが選科だろうが同じ教室で同じ講義を聴く機会が多かったから、教室で顔を合わせても不思議ではないし、高と秋山が出会う機会は、いくらでもあったはずである。『詩戦行』は一九二七年六月に終わった。このささやかな雑誌は詩壇とのつながりも稀薄で、秋山清が書き残したエッセイの中にのみ、その痕跡をとどめる。雑誌の現物がどこにも見つからないため高がそこに何か書いたのかどうかすら分からないが、後に高が秋山に譲るペンネーム〈高山慶太郎〉は、この雑誌において使われたものかも知れない。秋山と高のつきあいは二年ほど、かなり密接に続いた。

『辻潤著作集』別巻、『辻潤全集』別巻、玉川信明『ダダイスト辻潤』などで高漢容（『辻潤著作集』では高漢陽、『ダダイスト辻潤』では高漢洋と誤記されている）は「アナーキストの一派だった」と書かれている。これはおそらく先に引用した菅野青顔『空々くろろん』が「高漢陽《ママ》」を「アナアキスト」と書いたのを踏襲したかと思われる。『詩戦行』はアナキズムの雑誌とみなされていたため、そこに名を連ねる高漢容を〈アナキストの一派〉と呼ぶことは、全面的に間違っているとは言えない。しかし、高漢容自身は「ダダイスト」を自称しており、彼の思想を最も近くで観察していた秋山清も、高漢容をアナキストと呼んだことはない。

高漢容の友人栗原一男、韓吉《ハンギル》はいずれも不逞社系列の人物で、朴烈《パクヨル》の側近と言ってよい。おそらく日大に通っていた頃に知り合ったのだろうが、そんなところから、高漢容も同系列のアナキストと見られたようだ。余談だが、栗原一夫（一男から改名）は戦争中、辻潤の長男まことが東亜新報天津支社で働いていた時の報道局長として西木正明『夢幻の山旅』に登場する。

高漢容が黒友会、不逞社などのアナキズム団体に加入して活動した記録はない。秋山の回想を見ても、アナキズムの思想に従って社会に働きかけようという気持ちは、高にはなかったようである。

彼と私の交友は二カ年に及ぶ。この間私らの論議は反権力において一致し、ニヒリズムについてやや対立した。生きるに希望なし、自我あるのみ、と主張する高漢容は、社会連帯を思い、コンミューンを夢想する私の幼い詩の仲間よりもヒューマニストであるように見えた。

（秋山清「東京音頭」）

ダダやニヒリズムの影響を受けまいとする秋山に対し、高はやはり辻潤流のニヒリストであり、ダダイストであったと言える。

辻潤、秋山清、高漢容の〈三国同盟〉

高漢容は一九二六（大正十五）年四月、秋山清とともに、創刊号が出たばかりの雑誌『虚無思想』編集部に辻潤を訪ね、三人で酒を酌み交わす（秋山清「ニヒリスト辻潤」では二八年になっているが、これは誤り）。その時のようすを書いた秋山の文章は、高や辻の印象を鮮やかに描き出して余すところがない。長くなるが引用する。

その晩の霧が白かったことが思い出される。そしてその時以来彼と会う機会がない。

彼らと三国同盟を結んだのは偶然のことであった。

白く濃い霧が早春の夜を立ちこめていて、芝の西久保巴街から虎ノ門の方へ来る電車通りをわれら三人はもつれるように肩をぶっつけあって歩きながら、虎ノ門の市電の交差点まで来たとき、ここで解散とするかといったのは私、辻と高とは狭い歩道の上に立って相談していたが、一杯やるよ、といって近くの狭いガラス戸をあけた。

白いエプロンの女給が二人いた。

辻は濃紺の洗いざらした被布みたいのを着ており、高はビロードのルバシカ、私は紺サージの詰襟、明るい電灯の下では一寸風がわりな取り合わせかもしれない。辻はすでにいくらか酔っていた。いつか七、八本飲んでいた。とにかく今日は別れだからということだったが、その主が高漢容だとはしだいにわかって来た。

辻潤は尺八をとって吹くような恰好をしたり、やめたり、またそれを口にあてがって見たりしながら杯を手にとった。

「おやりなさいよ」

と女の子がいうと
「じつはネ、ぼく、ニッポン人じゃないよ、吹けはしないのよ、真似してるだけ、ニッポン人のまねしてるけど、ぼく支那人」といってのけた。

そういってから私を指さして、「これ朝鮮」、高漢容の肩をたたいて「これニッポン人、ぼくら三国同盟よ」といってのけた。

「だからボク支那のウタやるよ」

と、辻はテーブルを小さく叩いて、きいたこともない早口でうたいはじめた。

関東大震災の残骸が裏通りにはまだ残っている時期だから、四〇年近くも古いはなし、だがその時の辻の声とうたの寂寥のひびきが私の中に今ものこっているのだということを、疑う人はうたがえ、それはもう私にはそんな言葉以上に再現しようもない記憶だ。しかし誰か、辻の顔写真でも思い出して、あのちょっとおチョボ口の、細面の、色白で小づくりな男が、目をつぶって、かすかに首を右と左に振るようにして、澄みとおった細い声で、意味もわからぬ片言めいた言葉のウタを歌いつづけている姿を想像して見たまえ。辻はその奇妙なウタをながいことうたいつづけた。声はだんだん低くなり、口の中でなおもうたいつづけていたが、はっと目を明けてじっと彼の口許を見つめていた私の目に会うと、ペロッと舌を出した。その舌の赤かったこと。そして「今度は高山、やれ、やれ」といった。高山とは京城出身の高漢容が〔実際は開城出身〕下宿などで「高《コウ》さん」と呼ばれるのをそのままニッポン風に「高山慶太郎」というペンネームを思いついたそれである。濁音が半濁音にひっかかるあの朝鮮人訛りのない彼にふさわしいことだ。

その高山の高漢容が、「オレ、朝鮮のウタききたいのよ」と逃げると、辻は私に向かって催促した。

「そうだ、朝鮮をやれ！」

「ところがネ」と私は横に坐っている女の子に話しかけた。

「ぼく、子供のときから日本に来て、日本の学校にはいったから、国のうた出来んのよ」といって、結局高が、日本人だからとて「枯れすすき」をうたった。彼は声もうつくしかった。うまい、うまい、うまいと辻が長いこと手をたたいた。

高は前から知っていた日向〔宮崎県〕の延岡の菊村雪子という美人のダダイストを訪ねてゆくことになって、この夜の酒盛りには別離の意味があり、二、三日のうちに出発のはずで、なるべく九州まで歩いて行きたい、すくなくとも箱根くらいは越えるだろう、と彼は語った。

間もなくそこを出たが、それからも辻はさっきのつづきのような、何だかわからぬ言葉の唄をうたいつづけていたが、腰に尺八をさし、その腰にくせのある揺れ具合があって、ちびた下駄をはいて新橋の方へ、後も見ずに歩いて行ってしまった。

さっき辻がくれた『自我経』(スティルネルの『唯一者とその所有』の反訳)を私は持っていた。その扉には「高漢容に贈る」とぬらりくらりのペン字で書いてあり、辻はそれをそのまま私にくれて「高は旅に行くからな」といった(私の多くはない蔵書の中に今も古びたその本がある)。

ふらりふらりと歩いて行く辻を私たちは立って見送った。その夜の霧はますます深く、辻はその白い霧の中に埋もれてしまった。めずらしい春の夜霧の深さが私たちの前に立ちふさがっているようなそんな錯覚が今も私をとらえる、そんな記憶の夜だ。遠くはるかで身近なような感触とでもいってみたい。私よりも辻よりも、一番りりしい男前の高漢容は、私と並んで赤坂溜池の方に向かって無口になり、両手をポケットにつっこんで、大股で歩きながら、言った。

「辻って、さびしいやつね」

それからしばらくしてまたいった。

「もう逢いませんね」

辻とか。私とか。それは知らない。

（秋山が一九六二年五月『クロハタ』に寄稿した学説「三国同盟」。「東京音頭」から再引用）


秋山は一九二九年ごろから「高山慶太郎」の名で木材に関する本を出版したりなどしている。詩誌『弾道』（一九三〇年二月創刊）では秋山（当時の名は局清《つぼねきよし》。局は母方の姓である）と小野十三郎が高山慶太郎の名を使ったことがあり、秋山はその後も日本アナキスト連盟の機関紙で高山の名を使っていた。

ファム・ファタル、雪子

吉行淳之介が、こんなことを書いている。

ある文芸雑誌で、野間宏・飯島耕一の両氏が対談していた……。この中の、飯島発言に面白いところがあった。一九二〇年前後の本場のダダ（シュールレアリスト、モダニスト）の運動には、その周囲に美女たちが群がっていて、その集りを活気づけていた（マリー・ローランサンもその一人か）、そこを見落してはいけない、という意見である。

ここをもう少し詳しく書くと、そのことによってダダ運動の集りが愉しくなり、ボルテージが上る。ダダは作品すら拒否し、瞬間に賭ける花火のようなものだから、その花火の輝きが強くなる。一つの文学運動から、思想だけ取出して語ると、どこか足りないところが出てくる、そして、日本のその種のグループにはそれがなかった、ということになる。鋭くおもしろい指摘である。

ところで、日本のダダの周囲には美女は集っていなかったろうか。辻潤の恋人の伊藤野枝の写真をこのごろ見たが、素晴らしい美女である。もっとも、やがて伊藤野枝は大杉栄のもとに去るのだから、まだ辻潤のダダの時期ではない。

(『詩とダダと私と』)

ほんとうに、日本のダダイストの周辺に美女はいなかったのか。淳之介の母あぐりは長身で、村山知義は、パッと花が咲いたような美女だと形容した。ダダイスト吉行エイスケの妻であり、村山知義がデザインした斬新な外観の美容室を経営し、人妻ながら詩人尾形亀之助に思いを寄せられていたというから、ダダイスト周辺の美女と言っていい。村山知義と尾形亀之助は一九二三年に新興美術家のグループMAVOを結成した仲間である。村山も尾形もダダとは名乗らなかったが、MAVOの運動とダダが連動関係にあることは否定できないだろう。もっとも、あぐり自身がダダイストだったわけではない。

尾形亀之助(一九〇〇—四二)は吉行エイスケと同様、裕福な家に生まれ、すらりとした美男子であった。小野十三郎が、亀之助について書いている。「その点で、尾形亀之助なんてやつは偉かった。駒場の近くにあった彼の家にいくと、玄関にいつもデン と四斗樽〔四斗は約七十二リットル〕が置かれてあって、仙台の大金持ちの息子に生れたこの孤高飄逸の詩人は、居候や訪客にとりかこまれて、朝から晩まで酒をくらっていた。働かざることに劣等感を持ち、出生も身分も人に知られたくなかったわたしというこの一人の革命的詩人の「良心」なんてものは、想えばまことケチ臭いものであったのだ」。

亀之助は絵も描いたが、ある時期からは詩に専念して優れた感覚を示した。

「或る話」
(辞書を引く男が疲れている)

「サ」の字が沢山列らんでゐた
サ・サ・サ・サ・サ・・・・・・・と

そこへ
黄色の服を着た男が
路を尋ねに来たのです

でも

どの「サ」も知ってゐません
黄色の服はいつまでも立ってゐました

ああ――
どうしたことか
黄色い服には一つもボタンがついてゐないのです

亀之助の最初の妻長子《たけこ》は詩人金子光晴（一八九五―一九七五）の実弟大鹿卓（一八九八―一九五九、詩人・作家）のもとに走った。金子光晴の妻三千代も、もとは友人吉田一穂の恋人であったというから、この兄弟は妙なところで似ている。亀之助はその後二度目の妻を迎えるが、その妻と子供たちもやがて去っていった。さらに生家が没落していよいよ困窮した亀之助は、下宿でただじっと座って過ごし、病気と飢えによって四十二歳の生涯を閉じた。嫌な仕事をするぐらいならさっさと餓死した方がましだ、と考えた亀之助には、辻に似て、ある種の徹底した絶望がある。

武林無想庵――彼も、自分ではダダイストと名乗らなかったが――の妻文子（旧姓中平、後に再婚して宮田文子となる）は〈断髪美人〉と謳われた。パリで文子に会った松尾邦之助は、派手な着物を着たおかっぱ頭の文子を見て、「美しいというより、何か妖気をただよわせていて、恐ろしく魅力のある女だな」と思ったという。文子はフランス人にも人気があった。文子が七十代の時にインタビューした瀬戸内晴美は、その外見があまりにも若いのに仰天している。

これは余談になるが、長くパリで過ごした無想庵と文子の一人娘イヴォンヌ（一九二〇—六四？後に五百子《いおこ》という日本名をつけた）は、辻潤の長男まことが十六歳で父とともにパリにいた時には九歳で、まことを兄のように慕っていたが、後に再会して結婚した。また山本夏彦も、辻父子が帰国した後、父が無想庵の友人であった縁で彼について行き、しばらくパリに滞在している。イヴォンヌは大柄な色白の美女であった。夏彦もイヴォンヌが好きだったけれど、恋敵まことに敗れた。イヴォンヌはやがて母からまことと別れさせられ、子連れで再婚してベルギーに住んだが、睡眠薬の飲み過ぎで四十四歳にして亡くなった。また、無想庵によると、辻潤の妹のつね（津田光造夫人）もなかなか美人だったそうだ。もちろん武林文子、イヴォンヌ、津田つねはダダの周辺人物であって、ダダイストではない。

辻潤の押しかけ女房小島キヨは、夫も高橋新吉も認める女ダダイストだ。しかし彼女は無想庵が「ポンム・ド・テール（フランス語でジャガイモの意）のような、潑剌たる野趣のある、眼鏡をかけた、若々しい、酒くさい女」と形容した素朴な容姿で、お世辞にも美人とは言えない。さらに彼女は、〈うわばみのおキヨ〉とあだ名された大酒飲みだった。辻も小南医師との面談で、「三四合まではいいんだが後がいけない、Kが酔って来ると、来る人見る人の悪口を云うたのだが、それが又ひでいんだ、周囲に居る男の悪口を散々云って怒られて了うのだ、之には弱ったね、折角（の）酒も冷めてしまうと云う次第さ」とこぼしている。一時期おでん屋を開いてキヨを働かせていた岡本潤も彼女について「女だてらの酔っ払いで、鼻いきが荒く、サーヴィスどころか、客を相手にクダをまいたり、タンカをきったりするのが毎度のこと」（『詩人の運命』）だったと述懐している。

ところで、辻潤、高橋新吉、高漢容、さらに辻の〈自称高弟〉、通称ウラテツこと卜部《うらべ》哲次郎（一九〇〇—四九）と交流のあった菊村雪子、澄子という美人姉妹がいた。秋山清は、雪子のことを〈美人ダダイスト〉と書いている。雪子はある時期に辻潤の愛人であり、また高漢容の恋人ともなった。高橋新吉は妹の澄子に一方的な思いを寄せたが、卜部が澄子と同棲して一女をもうけている。卜部哲次郎は、小説家宮嶋資夫《すけお》によると、商業学校出身で漢学の素養が深く、語学に長じ、外国為替の換算を得意とし、若く美しい細君（菊村澄子）を持ち、子までなしたが、何を感じてか同棲一年に満たずして別居、勝手に得度して名を銕心《てっしん》と改め、禅坊主になった人である。

福岡の古賀光二（辻のエッセイ「陀々羅行脚」では〈古間〉になっている）という青年から誘われた辻潤は、一九二三年三月下旬、九州への旅に出かけ、福岡や大分でダダの講演会を単独で行った。当初は、その頃小説『老子』（「陀々羅行脚」では〈ラオチュウ〉）が評判になっていた大泉黒石（「陀々羅行脚」では〈大山白石〉）と博多で落ち合って一緒に講演会をするつもりだったが黒石の都合がつかず、結局辻が一人で二時間半の講演をした。

辻はこの頃から何度も九州に旅行して長逗留しており、一九二四年の春にも「新興文士講演会」として辻、新居格《にいいたる》、武藤直治、一氏義良らと共に九州各地で講演し、宮崎に滞在している。「陀々羅行脚」の時には、「日向の宮崎」にいる湯浅浩という若いダダイストにも会った。湯浅は味噌屋の息子だったそうで、吉行エイスケ編集『売恥醜文』創刊号（一九二四年四月）に短い小説を発表している。高漢容が京城《けいじょう》から辻や高橋に手紙を送って遊びに来いと言っていたように、この湯浅浩も宮崎から辻や高橋に手紙を送っていたようである。「湯浅浩という味噌屋の息子がダダイズムに共鳴して、手紙を度々よこしていた」(高橋新吉「ダガバジジンギヂ物語」)。新吉もたびたび九州を訪れている。

辻は一九二三年の「陀々羅行脚」の際、宮崎で武者小路実篤を訪ねている。「〔武者小路実篤に〕直接には震災前の年に日向の宮崎で一度お目にかかった〔実際には震災のあった二三年の、震災より半年前の三月のはず〕」(辻潤「連環」)。〈新しき村〉にしばらく滞在してみることも考えたが、やめにした。若い頃の辻は、白樺派に憧れる純粋な少年であったし、その後も武者小路に対する尊敬は変わらなかった。

辻は一九二三年三月に湯浅浩に会った時、菊村姉妹にも会ったかも知れないし、あるいはその翌年の二月ごろ、やはり宮崎に来ていた高橋新吉と一緒に会ったのかも知れない。新吉は宮崎で湯浅浩に連れられて菊村姉妹の家を訪れたと記しており、「辻潤は、此の姉妹とも仲よくなって、東京へ帰ったのであった」(「ダガバジジンギヂ物語」)と言っている。新吉は自分が朝鮮から帰った後のことのように書いているが、辻が二四年二月に宮崎で書いた「ぐりんぷす・DADA」に「高橋新吉が来ていて、四、五日一緒に暮らした」とあるので、この時かその前年に辻が菊村姉妹に会ったとすれば、新吉や辻の朝鮮旅行より前である。

辻はたびたび別府を訪れている。野枝に去られ、比叡山の宿院に逗留していた一九二〇年の夏に知り合って以来、辻が真剣に片思いし続けた野溝七生子の親友辛島君子が、別府で紅葉館という高級旅館を経営していたのだ。先に引いた小南医師との面談において、「別府に居る僕の女友達が病気だったので、御土産を持って帰って来た。それから其アミーと五六年も関係した、之は僕の情婦だったけれども、専有物ではないのだ、それで後に僕の指定した男へ行った、詰まり僕の指令に従って他の男と結婚したのだよ、あははは」と言っている。この〈アミー〈フランス語で女友達の意〉〉が辛島君子だろう。どうやら辻は好きだった野溝七生子を通して君子を知り、肝心の野溝とは恋人になれなかったが、君子とは数年間愛人関係を続けたものらしい。

ここは別府の紅葉館というホテルの一室で、洗髪の女はクンシという渾名のある女で僕の友達なのだが、ペルシャの哲学に凝り固まって気がおかしくなってホテルを開いているのだが、僕の恋人のラウテンデライン〔ハウプトマン『沈鐘』に出て来る少女の名で、辻が野溝七生子につけたあだ名。辻は彼女に〈白蛇姫〉というあだ名もつけていた〕を通してかねてから知り合いになったところから、私は別府に来ると必ずクンシを訪れて酒と寝床にありつくのであるが、日向のM町〔都城町か？〕——から私はここに来て湯にあまり入り過ぎたところから少しのぼせ気味で、今しがたバイブルを朗吟していたところを彼女に発見されたのであった。

（辻潤「きゃぷりす・ぷらんたん」）

この文章は一九二四年四月二十九日に書かれたものだから、関東大震災より後、朝鮮旅行より以前の話である。

小南医師との面談で語ったことと、辻の文章、新聞記事などを総合して推察すると、辻は震災（一九二三年九月一日）の後、妊娠したキヨを広島の実家に帰し、そこで生まれた息子を秋生《あきお》と名づけた。それから八幡浜に住む「モンスターのような」ファンが「僕にわがままをさせてくれるというので」（「ふもれすく」）行く気になって——ちょうど精神を病んだ高橋新吉も故郷である愛媛県の八幡浜にいた——そこで「ふもれすく」を書いた（一九二三年十一月）。二四年の正月は四国で迎え、一月十日から新興文士講演会のため九州に赴き、宮崎に滞在した後、九州各地を回って二月に宮崎に戻り、宮崎に来ていた高橋新吉と四、五日一緒に過ごした。四月の末にはまだ宮崎にいて、おすみ婆さんと一緒に過ごしている。

辻は小南医師との面談で、「宮崎でまた別の女が出来た、天下至る処に女在りだね、併しこいつは一寸体裁が悪いや」と言い、宮崎では「新しく出来た女にのろけて毎日ごろごろして何もせなかった」、宮崎には一月半ほど滞在して、その間に四国や広島を往復した、と言っている。この新しい愛人が菊村雪子だとは断言できないが、可能性は高いだろう。高木護編『辻潤全集』別巻の年譜では、一九二四年の一月に「別府の紅葉館という旅館の娘辛島キミコや、宮崎県の都城の菊村雪子と懇ろになる。また「新しき村」に武者小路実篤を訪ねる」となっている（なお、辻は先の面談で「此頃の詳細は陀々羅行脚に書いてある」と語っているが、「陀々羅行脚」は震災前［一九二三年春］の九州旅行だから、この時の九州滞在より前であり、辻の錯覚だと言える）。辻がたびたび別府を訪れて長逗留できた理由は、金の心配なく宿と飲食を提供してくれる君子のおかげだった。高橋新吉が別府を訪れたのも、辻潤から君子を紹介されたからだろう。

辛島君子も変わり者だったが、辻が比叡山で出会った時の野溝七生子も、宮嶋資夫が彼らをモデルに書いた小説「懸想者の恋」（一九二三）によれば、「部屋の中で海水帽をかぶり、あぐらをかいて突拍子もない声で歌を歌っている変な女」だった。また、東洋大学で野溝と同じ科にいた岡本潤は、教室で教授に食ってかかる威勢の良い野溝の姿を目撃している。そもそも辻が九州に「陀々羅行脚」したのも、第一の目的はダダの講演会を開くことではなくて、「比叡山で僕が命懸けで――これは文字通りだと思ってもらって差支えなかろう――惚れた僕の〈永遠の女性〉――一名ランテンデラインヌの名を白蛇姫と申し奉る――のおっかさんに遇いたかったこと」だったと言っている。ただし玉川信明によれば、野溝七生子は、辻とは親しく付き合ったものの、決して恋人などではなかったと頑強に言い張ったそうだ。

菊村雪子の話に戻る。卜部哲次郎の研究家大竹功によると雪子は一九〇三年、当時朝鮮統監府の官吏であった父漾一《よういち》（一八六九―一九三一）と茶道の先生であった母リョウ（一八七三―一九六二）のもと、京城で生まれた。雪子の父はもと職業軍人だったが〇一、二年ごろ朝鮮に渡り農業学校の教師として馬術を教え、後には統監府、総督府に勤務し、一五、六年ごろ日本に戻った。雪子の母リョウは大日本茶道学会に属し、朝鮮でも茶道や懐石料理を教えていたという。

父は朝鮮で何度か転勤しており、一九一〇年から二年ほど開城《ケソン》にいたこともあるが、家族も開城で暮らしたのかどうかは分からない。開城にも日本人の子供が通う小学校がなくはなかった。〇二（明治三十五）年に居留民団立開城尋常高等小学校が設立され、尋常小学校六年と高等科二年の教育を受けることができたからだ。男女共学、先生は日本人のみで、一一年の記録では学級数四、生徒数百六十九人のこぢんまりとした学校であった。学級数四というのは、全学年合わせてクラスが四つしかないということだろう。日本人の多い京城に比べれば、開城の日本人学校はずいぶん見劣りがしたはずである。おそらく家族はずっと京城で暮らしたのではなかろうか。雪子の姪の和子さん（一九二九―）も、祖母から京城で暮らした話は聞いているが、開城については聞いた覚えがないそうだ。もし雪子が開城で暮らした時期があったとしても、この当時の日本人は朝鮮にいても朝鮮人とは交流しないのが一般的だったから、幼い雪子と高漢容が知り合っていたとは考えにくい。一家は一七年ごろ、宮崎に帰った。

宮崎で雪子は小説などを書き、雪子の家は文学青年たちのたまり場のようになっていたらしい。次の文章は当時雪子と同居していた女性の回想である。

郷里の小学校を出て南郷村神門の高等科に二年間通い、卒業と同時に母の願いで女の子には裁縫をと、当時の延岡技芸女学校に入学。菊村という家にお世話になり、私より六つ年上の雪子という人と二人暮らしの家だった。雪子姉さんは文学好きで、小説など書いているのを夜になると読んで聞かせ、私に批評を求めるのだが、当時の私はただ感心するばかり。他に短歌や童謡なども作っていたようだった。

そんな家だったから、日曜日ともなると文学青年男女が宮崎、延岡、坪谷あたりから大勢訪ねてきていた。

（越智清子「初めての顔」、宮崎日日新聞社編『若山牧水』）

湯浅浩も雪子の家に出入りする青年の一人であったのだろう。

一九二三年九月の関東大震災の後、高は開城に戻り、二四年の夏には京城に引っ越している。高漢容は京城で、その年九月に高橋新吉、十二月に辻に会っており、両方ともそれが初対面であった。高漢容が雪子と知り合ったのは二五年三月ごろに再び東京に戻った後、高橋か辻のうちどちらかに紹介されたものだろう。

高漢容のエッセイが一九二五年三月十五日付『解放新聞』(『ワシラノシンブン』の後身)に掲載されている。全文を引用する。

僕はC国の自称ダダイストなんです。

未だ見ぬ親友N氏〔社会運動家難波《なんば》英夫のことと思われる〕から何か書けとのお話ですけれど、実はいろんな問題に就いて、オイソレと手当たり次第書ける男でもないのです。ダダを捏《こ》ねろう〔ママ〕と言われて見ると——承知致しましたとばかりいくらでも捏ね得る腕前があると自惚れているんですけれど、他の事に就いては一向《いっこう》知らないダダに食傷した代物です。

ところで皆さん。此方《こちら》のお話でもして見ましょうかね。何よりもこっちは寒くて不可ないのです。南の国の大空を眺めてはつくづく北国《ほっこく》がいやになって来るのです。自分の故郷に居ながらも雪の降る夜更け頃なんか、市内のあっちこっちを放浪している時には、まるでシベリアのくんだりへでも落ち延びている様な感じがします。昨日もクルプ〔グループ〕格になっている友達の家に行って帰って来る途中、つくづくそれを感じました。静かに寝入っている町の大通は真白い雪に覆われ、きらきら輝く月光がその上を滑っているではありませんか。さすがのダダもセンチメンタルにならざるを得ないのです。

僕の居る処《ところ》はこれでもC国の中央都会であるだけに色んな流派に属している青年等が徒党をつくっています。社会主義に学生、文士連中からダダイストに至るまで、それぞれ勝手な熱を吹き回すクルプがちゃんと仕上げられています。なに変わらぬ人間世界として、青空の下に時日が流れています、教会では夕暗《ゆうやみ》の静寂に鐘の音が響き渡りYMCAには女子連の音楽会が開かれるのです。町はずれの貧民窟では飢饉の声が叫ばれ、CS銀行の金庫の中には紙幣がどっさり貯蔵されています。血眼になって民衆の安泰を担任している警察が在り、へんてこな横町に入ったところには、矛盾を愛しつつ一切をあきらめている世紀末主義者らが集まっています。でも、仏蘭西《フランス》と露西亜《ロシア》の〇〇〔革命〕が再臨する場合には援助出演位《くらい》辞退しないそうですから、感心なのです。

さてさて野田村に住んでいらっしゃる諸君のご機嫌は如何《いかが》でしょう? 僕はC人ではありますけれども、民族観念はぬきにして生きている人間であって皆さん方々も大いに好きなのです。コスモスの花盛りという大阪の消息でも洩《も》らしてくれませんか。

（高漢容「北の国より」『解放新聞』十九号、『近代朝鮮文学日本語作品集　評論・随筆編二』より引用。原文日本語。原文では、すべての漢字にルビがふられている）

大阪がコスモスの花盛りの頃なら、前年の秋に執筆したものだろう。『ワシラノシンブン』に寄せた高漢容の文章を読んだ難波が、エッセイを依頼したものと思われる。ついでなので、『ワシラノシンブン』の寄稿文も全文写しておく。高漢容が日本語で書いた文章のうち、一九七四年に高橋新吉に送った手紙を除けば、現在残っているのはこの二つだけである。末尾には「京城　高漢容」と記されている。

十一月十五日付ワシラノシンブンに、野田新子氏の「先ず男性に反逆せよ」の一文があった。それはまるで男を呪う様なものであるが、概して或る一部の女性の方は因われていた因襲を破壊する勢に乗じて、根本的の意欲を穿き違いする傾向がある。憎み且つ破壊しなければならぬのは忍従を正当なりとする旧道徳であって、決して男性そのものでないということを忘れてしまっている様だ。

人間の型と殻をはぎ取り赤裸々な本然の姿を現して見る時、男性と女性なるを問わず果たしてそこには暴慢であり、搾取者であるべき根性が潜んでいることだろうか。若しあるとしてもそれは性悪説から来るお互様のことであって、決して男性ばかりのものではない。

野田氏の言うのは、そはあまりに皮相的の見方であり、自己の環境に伴う偏見であらねばならぬ。

男にせよ女にせよ、自分の性癖がある以上は、この社会に色んな人が住っているべきだ。併し、それを以って男性全体を敵視するということは分外の偏狭な主観たらざるを得ない。大体に於て、此世に同じく生を享けられた人間としても、異性ならでは、価値無き人生たることを否み難い密接なる関係からも、相離れ得ず、相反目し得ない男女である。生を否定する人でない限り、人間にとって一番尊いものは生そのものである。如何にして、より善く生きるべきかを考え、如何にすれば、よい人間的な生活が展けてくるであろうかを、相互に協力し合わなければならない。我らは相合致して伝来の旧套を脱ぎ棄て、共に腐り果てた過去の一切に反抗しなければならぬ。或る一部の観察のみに依り、一歩を踏み外して、暴君であり、御都合主義者であり、色情狂であり、エゴイストであること等を、男にばっかり転嫁さすというのは真実に当を得ていない考え方である。では、女の人の中にはそんな人が一人も存在してないと誰が断言し得よう。今まであり来ったあらゆる羈絆《きはん》を踏み越えようとするのはいいが、それは因習を侮蔑することに止ることであって、方法を変え男性なるものを敵対しようとするのは甚だ不可ないことと思う。どうか御一考あらんことを希い、氏に対しての妄言、再怒を生ぜしめずば幸。

（高漢容「男性に反逆する女性の方へ」、一九二四年十二月一日付『ワシラノシンブン』十号。原文日本語。同前）

高漢容は「北の国より」を書いてから数ヵ月後の一九二五年三月には、また東京に戻っている。この時、辻潤は蒲田に住んでおり、辻との同棲を解消した小島キヨは、息子秋生と下宿で暮らしながら岡本潤の始めたおでん屋「ゴロニャ」で働いていた。三月十日のキヨの日記に、「高漢容君がくる　可愛い美少年だ」という記述がある。別のところでキヨは、高漢容が無銭旅行の途中で（辻の）蒲田の家を訪ねたと書いているから、高は釜山から船で下関に渡り、無銭旅行をしながら東京に戻って辻潤の居場所を聞きにキヨを訪ねたのだろう。

辻は川崎で住んでいた家が震災でつぶれ、住まいを転々とした後、一九二四年四月からは妹夫婦の住む蒲田に居を定めていた。辻が母や長男まこと、妹夫婦と同居したこの家は、友人・知人が夜中まで自由に出入りして酒盛りや博打をし、寝泊まりしたために、通称〈カマタホテル〉と呼ばれた。

キヨの「酒の匂う人生図絵」は原稿用紙や便せんに書かれた未定稿の回想録だが、倉橋健一『辻潤への愛――小島キヨの生涯』に内容が紹介されている。

津田光造の家は、その頃まだ松竹の撮影所が蒲田にあり、その撮影所の近所の長屋の端で、二階一間階下二間の狭い家でした。そこへお母さんまことと君弟、四月頃には辻潤もその家に落ちつきました。前年十一月に広島で出産し、さて五月ともなれば、私とて、何時までも里にいるわけにも参りません。私もまたこの蒲田の家へと秋生とともに住みつきました。

その頃辻もぼつぼつ原稿の注文もあるのですが何しろ大勢が住んでいるので、二階の一間を占領して書いていましたが、(その頃、婦人公論から注文で「彼女の里親」と云う原稿を書き、それに当時のことが書いてありますが) 毎日のようにファンがお酒を持ったり、持たないだ〔ママ〕り、おまけにスグ傍に松竹の撮影所があるものだから、その見物も兼ねて、仲々落ちついて書いたりできない状態でした。

津田光造は、これに堪えかねて、ついに出家し、池上の或るお寺へと住み込みました。

林芙美子が友谷静栄と「ふたり」と云う詩のパンフレットを持って辻潤を訪ねてきたのもこ

の頃です。それに、辻が九州で仲よくなった女性が上京してくるやら、永遠の女性、N嬢の訪問があるやら、「幻燈屋のお文ちゃん」と云う幼な馴〔ママ〕みの女性が現われるやら、吉行淳之介の父親のエイスケ氏が（まだ十九才の頃の美青年で薄化粧をして）現われて、耽美派的なデカタニズム〔ママ〕で一度にタバコを二本ずつくわえて吸って見せるやら、酒のお化けのようなエリゼ二郎〔百瀬二郎〕とおちごさんの長谷川修二が夜中におもちゃのラッパをならしながら現われるやら、高漢容と云う朝鮮の青年が無銭旅行の途路に立ち寄るやら、まことにやらゆらやらの連続で、辻潤も少々ノイローゼとなり、「禁酒、禁煙、禁女」のはり紙を出す始末。

　九州で仲よくなったお雪ちゃんという女性は、どうも、私がいるので押しかけてくる訳にも行かず、その頃、佐藤惣之助〔一八九〇―一九四二。萩原朔太郎の妹の夫であり、辻の友人〕と云う詩人が、新橋芸者のお力と云う二号に川崎で、オリオンと云う、「カフェー」を出さしていた、その女給となりました。亭主に出家された、辻の妹のおつねさんも、またそこで女給となって通いました。私も辻がノイローゼ気味で原稿が書けず、私もまた、やむなく、麻布のシルバーベルと云うカフェーの女給となりました。まさに女給ブーム。

カマタホテルの常連客には卜部哲次郎、荒川畔村、平林たい子、室伏高信、百瀬二郎などがおり、その他にもひっきりなしにファンが訪れた。また、階下の三畳では洋服の仕立て職人である辻の弟義郎が弟子と二人で洋服を縫い、夜にはその部屋が賭場になった。

　しかしこの家がにぎやかだったのは一九二四年春から一年ほどだったと思われる。二五年の秋、辻はひどく健康を害しているからだ。喘息に苦しみ、困窮する辻のために十月には後援会が発足した。「駄々先生後援会趣意書」（『虚無思想研究』一九二五年十月）は、「先生に三児あり。妻妾は去りて在らず」と述べ、辻は喘息のため療養が必要であり、家も引っ越す必要があると書いている。同年十一月か十二月に、辻潤は後援会の集めた資金で静岡の志太温泉で静養し、翌年の一月下旬から三月半ばまでは別府で静養した。

『辻潤への愛』では、「九州で仲よくなったお雪ちゃんとは、別府の菊村君子の妹である。朝鮮人のアナーキスト高漢容と住んでいたのを、辻潤が横どりした。同じ蒲田で二階を借りていた」とある。ここに出てくる〈別府の菊村君子〉は〈辛島君子〉の誤りで、雪子とは関係がない。おそらく、玉川信明の誤りをそのまま踏襲したものと思われる。玉川の著書では、次のようになっている。

九州は宮崎都ノ城の女菊村雪子が上京してくるや、辻はおメカケとして囲っていたという。この菊村雪子というのは、菊村君子の妹で、姉の君子は永遠の恋人「白蛇姫」を通じて知り合った。彼女はペルシャ哲学（オマル・ハイヤーム？）に凝って気が変になり、別府で紅葉館というホテルを開いていた。辻は従って、別府へ行くと必ずクンシを訪れ、酒と寝床にありついていた。その間に下の妹の方とも仲が良くなったということらしい。雪子という女は、男とみればすがっていった。肺結核を患っていて、医者に二十一までしか生きられないと宣告されてヤケッぱちになって男から男へ転々と移り歩いていたのである。

しかし上京当時は別に辻と一緒になるべく出てきたのではない。高橋新吉を訪ね、初め朝鮮のアナーキスト高漢洋〔ママ〕と同棲していた。それを辻潤が横取りしたということらしい。高漢洋は「辻さんはひどいなあ、ぼくの恋人を横取りしようとするんだから……」とこぼしていたそうである。そういえば、同じ宮崎の湯浅浩も「辻さんは僕の恋人を盗ろうとするんだからなあ」といっていた。彼にとっては女性は女性であって、誰のものでもなかった。
　雪子は同じく蒲田で二階を借りていた。そこへ辻は通っていたのであるが、階下の主というのがタバコ屋で、これもどこかのおメカケさんふうの六十に手の届きそうな婆さんであったが、辻は雪子のところへ通っているうちにこの婆さんともねんごろになった。
　雪子は辻から訪れられるばかりでなく、自分の方からも押しかけて来た。ある夜久方ぶりに清が家へ戻ってみると、一つ室に雪子と辻のふとんが並べて敷いてあった。〔……〕
　雪子のその後は、橋本という妻子のある横浜正金銀行の行員と静岡へ駆落ち同棲して、戦後三十一、二年頃死んだそうである。ついでにいうと、卜哲はこの雪子の妹（まきちゃん？）と関係して娘を一人儲けていた。「高橋が聞いたら、オコルだろうな」と辻に告げていたそうである。

（玉川信明『ダダイスト辻潤』）

　玉川は「辻潤が雪子を横取りした」と言うが、小南医師との面談で辻が語った「宮崎の女」が雪子であるなら、高漢容よりも辻の方が先に雪子と関係を持っていたことになる。断片的な情報をつなぎ合わせてみると、辻潤は高漢容が雪子と知り合うより先に、一九二三年かその翌年、九州で雪子と出会った。高漢容は、二四年の十二月に朝鮮を訪れた辻と初めて顔を合わせ、翌年春には再び東京に行き、上京していた菊村雪子とカマタホテルあたりで出会って恋に落ちた、と思われる。高漢容は、辻と雪子の関係を、最初は知らなかったのかも知れないし、その後も雪子は辻と高との間で揺れ動いていたのかも知れないが、これは確かめようがない。

玉川や倉橋が雪子に対してやや悪意を持った描き方をしているのは、主として小島キヨの証言に基礎を置いているためではないだろうか。キヨは、辻の三男秋生を連れて家を出た後も辻に未練を残していた。亭主の愛人を好意的に言う人もいないから、雪子に対する悪評は、割り引いて考えた方がいい。それに、雪子は辻の財力によって囲われたわけではなく、カフェで働いて自活していたのだから妾という表現は当たらない。

「ダガバジジンギヂ物語」には、「或日、菊村雪子が上京して、私を訪ねてきた」とある。また、新吉自身が〈竹田〉、辻がTとして、雪子は本名で登場する「秋海棠と馬肉」でも、「竹田は八九年も前の事だが、〔……〕其の頃初めて上京していた雪子に手紙を出すと、彼女は竹田を訪ねてきた」と言い、「竹田は雪子とたった一度関係した」とも書いている。新吉はすでに宮崎で菊村雪子と面識があって、その雪子が東京に来ていると辻に聞いたので手紙を出してみた、ということらしい。

「ダガバジジンギヂ物語」を読んでいて思うことだが、新吉は非常に記憶力が良く、過去の出来事や出会った人々についてパラノイアックなまでに詳細に、かつ淡々と書き記している。頭の調子のいい時の新吉は極めて聡明な人間であり、思い込みや錯覚、記憶違い、時にはいささかの誇張や脚色はあったとしても、自分に都合の悪いことを隠したりするような気配は見受けられない。しかし、それにしても雪子が「竹田を〔……〕結婚の相手として望んでいた」というのはさすがに、マサカ、と思われる。雪子が、〈発狂詩人〉として知られ、当時もずいぶん精神不安定だった新吉と結婚したがったとは信じがたい。

ずっと後に、五十歳の高橋新吉と二十六歳の年齢差を超えて結婚した喜久子ですら、出会った時の印象を次のように語っている。「〔……〕詩人は、凝《じ》っと視線をおくって来る女はみな己と結婚したがっていると思える、甘い楽しい空想に遊べる余裕をもっていた〔……〕このように嘗って何人かの女性に思いをかけた詩人の姿が充分に想像できる」（高橋喜久子「高橋新吉覚え書」）。新吉の文章からすると喜久子が押しかけ女房であったような印象を受けるが、実際は新吉の方が強引に結婚を急いだようである。ただ、その喜久子にしても、新吉の若い頃のことを知らないから結婚に踏み切れたわけで、彼女は一緒になった後に『ダダイスト新吉の詩』や小説『ダダ』を読んで夫の若き日の狂態を知り、非常なショックを受けている。

女が自分に恋い焦がれているとすぐに思い込んでしまう傾向を、新吉は若い頃から持っていた。初恋の相手であった郷里の年上の女性に対する「非常識極まる泣き笑いしてやりたいほどバカバカしくロマンチックな、そのために高橋の一生が今日のようなものになってしまったとも言えば言えるところのその」（佐藤春夫「高橋新吉のこと」）長年の一方的恋愛も、小説『ダダ』に登場する、武林無想庵の家にいた春子という女中との関係も同様だ（もっとも、写真で見る限り若い頃の新吉は美青年である。奇矯な言動さえなければ、モテて不思議ではない）。

新吉は、雪子の妹澄子が好きだった。「猛獣使い」（一九二三年ごろ執筆か？）に出てくる「待ちくたびれて神経衰弱になっている」という手紙を寄こす「或る海を隔てた町に住む女」は、澄子のことだろうか。「静寂工場」にも、「或海を渡った町に姉妹がいて、その妹に安三は恋愛した。姉は肺が悪くて、椎茸の肉の厚いのを、体のためにいいといって食べていた。／夏の朝安三は、紙《〔ママ〕》帳の中で、姉の方と肉交した。将を得んとするものは先ず馬を射よ。という卑劣な気持ちだったかも知れぬ。これを勘付いた妹は、どうしても彼の欲求を入れなかった。安三は気を狂わして、女の着物を着て町をさまよった。陰部の毛を剃り落した。白粉《おしろい》を体中に塗ったりした。〔……〕妹の方が姿をクラマしたので、それをさがすために、狂態を演じたのであった」という一節がある。雪子と新吉との関係の真偽はともかく、妹の澄子が新吉を嫌って逃げていた、という話は事実らしい。

　新吉の「馬とピアノ」（一九二五年執筆）には、「彼女の姉は私の死ぬことを欲している」、「彼女の姉は私より貧乏である」とある。雪子が、澄子を追う新吉を毛嫌いしていたようだ。一九二七年に書かれた「発狂」では、Sさんと、その姉であるUさんという姉妹と新吉とが三角関係であるように描かれている（雪子のイニシャルはYであり、Uではないが）。これも新吉の妄想と思っていい。澄子は後に、辻潤の〈高弟〉卜部哲次郎との間に一女をもうけた。その娘が、現在も茨城県に健在で、生前の高漢容を記憶に留めている和子さんである。

　なお、新吉の小説「狂人」にはYという学生が姉妹を連れて彼の下宿を訪ねてくる場面があり、警察のスパイらしい〈漢〉という朝鮮人も出て来るが、この姉妹は菊村姉妹ではないし、〈漢〉は高漢容ではあり得ない。この小説の中で、「ユーレカという喫茶店」を早稲田に開き、日本人の情婦を持っているという漢は、もと独立運動をしていた二十八歳の朝鮮人で、今は同志を裏切って密告していると噂されている人物である。高漢容と重なるところが、朝鮮人だということと、名前の一文字以外には全くない。早稲田大学に在学していた詩人逸見猶吉のバー「ユレカ」は有名だが、逸見の店は一九二八年に神楽坂で開店した。「狂人」は二七年に発表されているので、逸見の「ユレカ」より以前に「ユーレカ」という店が別に存在していたことになる。しかし、〈漢〉の店の名は、おそらく「ユーレカ」ではなく、「ドミニカ」の誤りだろう。というのも、「ダガバジジンギヂ物語」に「「ドミニカ」とかいった喫茶店が、早大の表門の近くに出来て、二人の姉妹がいた。戸川貞雄の妹とかいうことであった」という一節が見えるからである。

閑話休題。カマタホテル当時の辻は、すでに正常心を失いかけていた。原因はアルコール過剰摂取の故か、他の要素もあったのか。山本夏彦は、辻潤は脳梅毒で狂ったと書いているし、平野威馬《いま》雄《お》（一九〇〇—八六、フランス文学者。父はフランス系アメリカ人。料理研究家でシャンソン歌手の平野レミの父）から伝授されたコカインによる中毒が原因という説もある。辻本人は、アルコールが主な原因であると思っていたようだ。「自分の頭はあまり簡単ではない。意識がたえず分裂している。〔……〕これは立派なアルコオリック患者の症状だ」（辻潤「おうこんとれいる」）。ずっと後、戦争中になると少量の酒でも異常な精神状態に陥り、友人の妻や母親にまで襲いかかるという狂態を見せている。しかし辻は前述のごとく、一九二五年秋には体調をひどく崩して療養に出かけているから、この頃までには雪子も宮崎に戻ったかと思われる。ただ、新吉の、「Tがフランスへ立つ送別の時東京駅に竹田は雪子が来ているのにあった」（「秋海棠と馬肉」）という言葉が事実であれば、雪子は二八年一月にはまた東京に戻っていたはずだ。

西木正明『夢幻の山旅』に「大正十四年一月十日、辻潤が朝鮮旅行から帰ってきた。／その直後、彼は朝鮮に同行した高漢容の恋人菊村雪子と男女の仲になった。当然、高漢容との友情もこわれ、朝鮮でつちかった人脈はすべてついえ去った」とあるのは、何を根拠にしているのだろうか。高漢容が雪子と知り合うのは辻の朝鮮旅行より後のはずだし、雪子を間にはさむことで高漢容と辻の友情は、ひびが入ったにしても、少なくとも〈三国同盟〉までは、完全には失われてはいない。ついでに言えば、辻まことの生涯を描いた同書は、かなりの部分がフィクションらしい。一例として、この中に「読売新聞の松尾邦之助」が辻潤のところにやって来てパリ行きを勧める場面が登場するが、実際には松尾は辻がパリに来た時に初めて会ったのであり、その時点で松尾は『読売新聞』の記者ですらない。それは松尾の著書を見れば簡単に分かるはずの事実だ。

その後、雪子を忘れられない高漢容は一九二六年四月、先に述べた〈三国同盟〉の夜に辻と秋山に別れを告げ、辻と別れて延岡に帰った雪子を訪ねて無銭旅行に出かける。

その高漢容は延岡に行ってしばらく滞在し、宮崎にいってそこの地方新聞に就職した。彼の消息を私にもたらしたのは高漢容ではなく、未知の人菊村雪子であった。ある時の手紙にはこうかいてあった。

「高漢容にきいてあなたに逢いたいと思っています。高は私がこの手紙をかいている側にいて妬いています。あなたが美少年でありますように——」

このような手紙を、あとにも先にも貰ったことはない。その頃、こんな風な私の想像の及ばぬ人たちがニッポンにもいたらしい。辻潤はこのような人たちの偶像的存在ではなかっただろうか。

それから二年後に一度菊村雪子と逢った。

（秋山清「東京音頭」）

雪子は、会ったこともない青年にこんな手紙を送ってからかうことのできる人だった。高漢容は、さぞかしやきもきさせられたであろう。それにしても雪子に会って、どういう印象を受けたのか、何を話したのか、秋山は黙して語らない。高漢容が延岡にいた時には、高橋新吉も一度訪れている。

一九二七年の正月、秋山は斎藤峻とともに宮崎まで高漢容を訪ねて行く。

宮崎の街へかえり、かねて聞いていた新聞社に電話すると、高は今入院している、とのことだった。その病院をたずねて行くと、彼は、顔をほとんど包帯にかくし、東京から箱根山を歩いて京都大阪も歩いて、九州まで行ってみせるといって別れたあの元気はなく、その語る声も弱々しく、深々と顔を巻いた白い包帯の奥から発するその声は前々からの約束通り訪ねていったことすら、何故かそれは迷惑らしくさえきこえた。

彼についてのうわさはそれから後も時に聞くことがあったが、彼はほとんど私に手紙もよこさなかった。それだけに彼のいた病室と、仰向いて言葉の少なかった彼の困憊しきった様子とは、なかなか忘れがたい。顔面いっぱいの皮膚病だけでない何かの理由が、あの日の彼にはあったのかも知れないが、彼とのことはすべてこの日で終わりとなってしまった。（同書）

この時高漢容が勤めていた新聞社は『宮崎日日新聞』といって、大分県で『大分新聞』と競争していた『豊州新報』が姉妹紙として一九二三（大正十二）年七月一日から昭和の初めにかけて宮崎県で発行していたものであり、現在の『宮崎日日新聞』（一九四〇年に九紙が統合されて『日向日日新聞』として創刊され、六一年に現在の名称になった）とは全く関係がない。印刷は大分の『豊州新報』でしていた。『豊州新報』と『大分新聞』は後に合併して『大分合同新聞』となり、現在に至っている。

高漢容が働いた『宮崎日日新聞』のうち、現在発見されているのは一九二三年九月十三日から三十日までの紙面のみ（現在の宮崎日日新聞社がつくった「郷土紙デジタルアーカイブ」に収録されている）で、それ以外は残っていないようだ。この『宮崎日日新聞』の本社は宮崎県宮田町（当時）にあり、『日州新聞』、『宮崎新聞』と競いつつ、昭和初頭には五万部近く発行していた。わずか数年間しか新聞を発行しなかったため、今では地元でも完全に忘れ去られてしまった新聞社だが、一九二五年の夏には宮崎市内で〈納涼ルナ・パーク〉というイベントを四十日間も主催したというから、高漢容が勤めていた頃は勢いが良かったのだろう。

高漢容の子供たちは父から、日本で無銭旅行をした時の経験談を、日本の雑誌だか新聞だかに連載したことがあり、とても評判が良かった、という話を聞いた覚えがある。その旅行記がいつどこに掲載されたのか記録は何も残っていないが、連載だったとしたら、この『宮崎日日新聞』であった可能性が高い。家族は、その記事を愛読していたという日本人の男性が、戦後、わざわざソウルの自宅に高漢容を訪ねてきたのを記憶しており、高漢容が〈ナッショー〉と呼んでいたその男性と高が一緒に写った写真も残っている。ナッショーはあだ名らしいから、たぶん、たとえば〈なつめ・しょうぞう〉とか〈なつやま・しょうすけ〉とかいうふうな日本人の名前を縮めたものではないかと思う。無銭旅行は、震災後再び下関から東京へ行く時か、あるいは延岡の菊村雪子を訪ねて行く時のことか。

子供たちが聞いた話では、旅行の途中、高漢容は知らない人から食べ物をもらったり、泊めてもらったりした。泊めてくれたうえに葉っぱにくるんだおにぎりを弁当として持たされたこともある。そういった経験から、日本の女性は親切だと、よく語っていた。ある時、どこかの田舎道を歩いていて日が暮れてしまい、泊めてもらおうにも人家が見あたらないので、とうとう野宿をするはめになった。恐ろしいことに、一メートル先も見えない真っ暗な闇の中から女の笑い声が聞こえる。オバケが出たと思い、怖くて手当たり次第に棒を振り回してみたものの、声は消えない。恐怖の一夜が明けて朝になると、霧のかかった風景が、とても美しかった。見ると、崖の下に狂った女がいて、昨夜の声の主だと分かった、という。

秋山と斎藤が見舞った頃の高漢容に何が起こっていたのかは分からない。雪子との仲が決定的に悪くなっていたのか。宮崎での生活は長く続かず、ほどなく高は京城に、雪子は再び東京に戻ったと思われる。

ダダの終焉

高漢容がいつ雪子と別れ、いつ朝鮮に帰国したのか、秋山の回想以後数年間は、高漢容に関する記録が何もない。おそらく一九二六年かその翌年ぐらいには京城に帰ったと思われる。日本のダダは鳴りを潜めつつあった。高橋新吉はすでにダダを離れ、辻潤はひどく体調を崩していた。

わずかな萌芽を見せた韓国のダダも、この頃には早くも終わろうとしていた。韓国ではマルキシズムの作家朴英熙《パクヨンヒ》の影響を受け始めた林和《イムファ》も、ダダを捨てた。林和がダダに熱中するのは一九二五年の後半からであり、二六年の終わり頃に書いた文章には〈DA林DA〉という筆名を用いている。それから少し後にマルキシズムに傾いたようだ。すべての権威を否定するダダは魅力的ではあるけれど、それだけでは現実に対して何もできない。そのため二五年にKAPFが結成されると、プロレタリア文学の強力な理論の前で、ダダは色褪せて見えた。「朴八陽《パクパリャン》、金華山《キムファサン》、または筆者（そう言ってよいならば）までが、一時的とはいえその急進的情熱によってプロレタリア文学にまで到達した」（林和「ある青年の懺悔」）。

ダダからプロレタリア文学へ。それはたとえば、坂口安吾が描くところの、フランシスコ・ザビエルに出会ってカトリックに傾倒した薩摩の高僧忍室《にんじつ》の心境に似ている。

> ニンジ〔忍室のこと〕の帰依しておりました禅宗というものを考えてみますと、この宗教は、人生をそのままで肯定して、その上で自分一個の悟りをひらこうという目的で、坐禅などをい

たしまして、観念だけの上で安心をはかろうといたすのであります。〔……〕そういう悟りの場に於ても、仏教には実践がないのでありますから、具体的な手がかりというものはないのであります。自分が何をしておるか分らないのであります。

ところが、ザヴィエルのほうは、貧窮ということを第一のモットーといたしまして自分自身の全生涯をそれで計っております。そして、他人の幸福のためにすべてを捧げて生きようというふうに、彼の生涯はそれにかかっているのであります。

そういった、実践の目標の判っきりしている宗教の前へ出ますというと、禅宗の如き宗教は、全然意味をなさないのであります。自分自身が高僧であればあるほど、悟りの内容の空虚さが分って来るのでありまして、その点でニンジは非常に苦しかったのであります。

（坂口安吾「ヨーロッパ的性格　ニッポン的性格」）


忍室は結局、洗礼を受けないまま亡くなったが、その後にザビエルが訪れた豊後では、カトリックに転向する禅僧が続出したという。

つまり、禅には禅の世界だけの約束というものがあるのでありまして、そういった約束の上に立って、論理を弄《ろう》しているものなのであります。すべては、相互に前もって交されている約束があって始めて成り立つ世界なのであります。

例えば、「仏とは何ぞや？」と問いますと、

「無である」「それは、糞掻《くそか》き棒である」とか云うのです。

お互いにそういった約束の上で分ったような顔をしておりますけれども、それは顔だけの話なんであります。分っているかどうかが分らないのであります。

ですから、実際のところは、仏というものは仏である、糞掻き棒は糞掻き棒である、というような尋常、マットウな論理の前に出ますというと、このような論理はまるで役に立たないのであります。（同書）

ダダイストを名乗った朝鮮の青年たちがプロレタリア文学の波に流されていった内的な契機も、これとほぼ同様のものだと言ってよい。すなわち、ダダには何をすればいいという「具体的な手がかり」がなく、「自分が何をしておるか分らない」。それで、社会を良くするためには行動しなければならない、などという「実践の目標の判っきりしている」思想が流行りだすと、その「マットウな論理」の前に、ダダにかぶれた程度の青年たちは、簡単に膝を屈した。

金《キム》ニコライ（朴八陽）が一九二七年一月に発表したダダ詩「輪転機と四階建ての家」の末尾には、「高ダダ、方《パン》ダダ、崔《チェ》ダダ、生きているのか死んでいるのか、いっこうに音沙汰がない」と記されている。このような事実を考え合わせれば、韓国のダダは二四年に始まり、二六年末にはほぼ終わったと見てよい。

ダダだけではなく、大杉栄の死によって求心力を失ったアナキズムも、やはり急速に退潮していた。一九二七年一月に発刊したアナ系の『文芸解放』も、壺井繁治など同人の一部がマルクス主義に移行したため一年で終息した。やがて壺井たちは全日本無産者芸術連盟（NAPF）の結成に参画する。

陀田勘助（山本忠平）という詩人は、ペンネームからして出発はダダだったのだろうが、アナキズムの実際運動に身を投じて精力的に活動していた。しかしその彼もこの頃アナキズムが観念的理想に過ぎず、現実の社会変革には無力だと思うようになり、共産党に入った。その後、地下活動をしていて捕らえられ、一九三一年に豊多摩刑務所の中で死亡した。

吉行淳之介は父エイスケの雑誌『ダダイズム』、『売恥醜文』に並んでいる作品について「ムリしたダダが多い。つまりは、才能・資質のタイプがそれに似合っておらず、あるいは稀薄なのである」と述べている。同感だ。今振り返って、読むべき価値のあるダダ作品は、それほど多くはない。ダダイストになるための資質が何であるか定義することは難しいが、大泉黒石の言葉を借りて言えば、〈デスペレイト・オプチミスト〉であること、とでも言おうか。高漢容も含め、韓国のダダイストたちもまた、ダダの資質にあまり恵まれない、「ムリしたダダ」であったように見える。すべての希望を捨て去るには、絶望の量がまだ十分ではない。

たとえば、「悪魔道」の作家金華山《キムファサン》はダダイストを自称する以前から「DADAは、言うならば過渡期によく見られる、ある病的思想であるに過ぎない」（「世界の絶望」）と規定し、ダダイストを〈精神病者〉とみなす常識家であった。そもそも、ダダの資質を欠いていたと言わざるを得ない。

ダダが短命であらざるを得なかった根本的な理由は、言わば、権威（これにはマルキシズムを始め、あらゆるイズムを含む）に頼らなければ生きてゆけない人間の本質的な弱さにある。すべての権威を否定し、自分の自我だけを信じる〈唯一者〉として生きてゆくというのは、ひどく孤独でつらいことであるが、辻はそれを耐えた人であった。秋山清は、「辻のごとくに日本人の誰が、気に入らぬ世間様と対立して、互いに軽蔑し軽蔑されたか。働いて生きる能力の喪失者であるかのようにさえ軽んじられながら、彼はなお妥協の膝を屈しなかった唯一者だった」（「ニヒルとテロル」）と述べている。

ダダにはすべての権威に対する否定と破壊だけが存在する。だからダダに忠実であろうとすれば死ぬか、発狂する以外の道はない。次の文章は、高漢容が「ダダイスム」に引用した辻潤の言葉である。「ダダはいつまで続くのか？／ダダはすぐに滅亡する、滅亡することによって永続するのがダダだ」（辻潤「陀々羅断語」からの引用）、「ダダは線ではない、ダダは点である」（辻潤「あびばっち」からの引用）。

高橋新吉は禅に傾き、辻はダダイストらしく破滅の道を歩んでいった。しかし狂うことも死ぬこともマルキシズムに希望を見出すこともできなかった高漢容は筆を折り、その後の人生を市井の人として暮らした。

第五章　それから

雪子の死

高漢容《コハニョン》と別れた後の菊村雪子に関しては、高橋新吉の「秋海棠と馬肉」から推測することしかできない。竹田（新吉）は美術展の人ごみの中で、雪子と駆け落ちした橋本という男に偶然再会し、コーヒーを飲みつつ、すでに故人である雪子の思い出話をする。一九三三（昭和八）年秋から翌年春ごろと思われる。

「ちょうど雪子が、十月三十日〔実際は、雪子が亡くなったのは一九三二年十月十三日〕になくなったので、澄ちゃんの結婚した事は知っているでしょう」と橋本君は聞いた。

澄ちゃんというのは雪子の妹で、浦野〔卜部哲次郎〕という男と同棲していたのだが、妊娠したまま九州へ帰って今では二度目の結婚をして子供が出来ているということであった。

竹田は若かりし日の遠い思い出をたぐって皆それぞれ落つくところへ落ついたようでもあるが、まだまだこれからどんなに変わっていくか知れない楽しみも持たれた。

竹田（新吉）も橋本も、雪子とはT（辻潤）の家で知りあったというから、〈カマタホテル〉でのことだろう（実際には、新吉はそれ以前に宮崎で雪子に会っている）。辻がフランスに旅立って一年後、橋本と雪子が駆け落ちして静岡で暮らしているという噂があった。橋本は銀行に勤める妻帯者であったが、当時は病気で休職していた。その後二人の消息はずっと不明だった。フランスから帰った辻は、精神病院に入っている（六九頁参照）。

「Tがフランスから帰って、僕が一人でTをたずねた時、Tは、あの女も強情だね——と言ったが、強情だと言った意味が、どうも僕にはわからないんだ」橋本君は言った。

其のTは今発狂して、癲狂院に入っているのだが。

「今朝畑を歩いていて、ふとTの事を憶い出して見舞いに行ってやろうかとも思ったんだが、どこだか病院が好くわからないので」と橋本君は言った。

「Tはどうも自分で勤〔ママ〕めて平気でいようとしたらしいのだが、そうすればするほど尚なんか変なこだわりが出来てね。僕と雪子の方では何でもなくTとつきあって行こうと思っていたんだけれど、Tの方でどうも冷たいものが感じられるといったようだったね」

橋本君は何回もかかる意味の事を言った。

雪子は辻、高漢容、橋本と――高橋新吉によれば新吉とも一度だけ――関係があったことになるが、辻は、おそらく高漢容に対しても「変なこだわり」を持ち、橋本が言ったような「冷たいもの」を感じさせたはずだ。〈三国同盟〉の後、高漢容が秋山に向かってつぶやいた、「辻って、さびしいやつね」、「もう逢いませんね」という言葉の背後にあったのは、苦悩から救ってくれた〈恩人〉であった辻潤に対する高漢容の、愛情や憐憫、寂しさなどの入り混じった感情だっただろう。

竹田はTにも暫く遭わないでいたので、其の事情はよく呑み込めなかった。竹田や橋本君よりも十五六も年長者であるTは、幾度も女に去られたり、失敗した経験を持っているのだが、年を老〔ママ〕っても人間の男女間の感情などはそんなに違って来るものではないと云う気がするのであった。

橋本と雪子が同棲していたのは五年ほどで、大阪にも一年半ほど暮らし、宮崎で小さな喫茶店をやったこともあったが生活は常に苦しかった。それでも喧嘩をすることもなく、精いっぱい生きようとしていたという。両人とも健康ではなかったらしく、辻潤がキヨにあてた手紙（『辻潤全集』別巻月報九所収。編者の高木護は一九二九年ごろ出されたものと推定）の中にも、「ユキ子はかなりわるいらしいが――近々死ぬようなこともなかろうと思う――ハシモトはそれ程わるいとも思えない。／しかし、当人達はひそかに「死」を覚悟しているらしいが――」という一節がある。

菊村家筋の情報によれば、一九三一年十一月一日に雪子の父漾一《よういち》が死去し、その翌年早々には雪子の母リョウが上京して雑司が谷で雪子と同居し始めた。雪子の健康状態が思わしくなく、世話をするためであった。リョウは、川村学園で茶道と盆石を教え始めた。

雪子の姪である和子さんによると、雪子の生前、高漢容が菊村家を訪れたことがあるそうだ。雪子の病状が思わしくないと誰かから聞いて、見舞いに訪れたのだろうか。和子さんは祖母のリョウから、「「高《こう》さん」と言ってはいけない。「こうかんようさん」と言いなさい」と言われた記憶がある。これはリョウが、朝鮮では「金氏《キムシ》」、「朴氏《パクシ》」というふうに姓に「……さん」に当たる「……氏」だけつけて呼ぶのは、使用人などに対する呼び方であるという朝鮮の習慣をよく知っていたということ、高漢容に失礼のないよう、気を配っていたことを意味する。名前の読み方が日本語式なのは、当時としては仕方がない。またこの頃、リョウの内弟子として住み込んでいた、菊村家の親戚に当たる女性が高漢容に接近しようとしたため、怒ったリョウがその女性を親元に帰してしまった、というエピソードもある。

一九三二年の夏、小島キヨは、勤め先を探そうとしていた矢先に肋膜を患っていることが判明した。八月一日、失意のキヨは、何となく訪れた図書館で意外な人物に出会う。ひっそりした館内に、断髪の雪子がいたのだ。二人は互いに手を取り合い、キヨは誘われるままに雪子の家を訪ねた。「静かな庭、カワズがぞろぞろ出てきて私の顔をヂッと見ている。静かな気持ち、もう少し落ち着いて話したかったが、丁度夕食時なので辞す。『雨月物語』のような感じの女、とは通評、まことに、冷たい感じのひと、何か塩のようなものを感じる。女としては、かなり話のできるひとではあるが——「この人も不幸なひと」とキヨは日記に記している。キヨは辻と別れた後も時折カマタホテルを訪れ、そこで辻と雪子が同衾している場面に遭遇したこともあった。しかし辻が天狗となって病院に収容され、自分も雪子も病んでいるという状況では、憎しみも嫉妬も消えて、ただただ懐かしかった。

雪子はそれから約二ヵ月後の十月十三日、東京都板橋区練馬南町一丁目三五一〇番地（現在の練馬区栄町三十八番地）の自宅で亡くなった。享年二十九。橋本は言う。

「自分では死に際が見苦しいかも知れないと言って、それを心配していたようだったが、割合におだやかで静かに死んで行ったよ。澄ちゃんにも電報を打ったけれど間に合わず、僕とお母さんと二人きりの臨終だったね」

雪子が亡くなって約十年後の一九四三年のある日、祖母リョウとともに東京・青山に住んでいた和子さん（当時、女学校三年生）は、高漢容がリョウを訪ねてきたことを記憶している。高は、実業家風の素敵な中年紳士であった。リョウと高漢容は互いに尊敬しているように見え、家族は皆、高漢容を「おばあさんの大事なお客様」として丁重にもてなした。和子はもちろん、その紳士が亡くなった雪子伯母の恋人であったなどとは、夢にも思っていない。高漢容はこの時、〈合名会社亜細亜貿易公司〉という名の、高麗人参を輸出する会社を経営していたから、出張のついでだったかも知れない。彼がおみやげにくれた高麗人参を、リョウはとても喜んでいた。

　この時、高漢容はリョウとその内弟子たちを連れて日帰りで日光国立公園に遊びに行くことまでしていて、湖畔で撮影した記念写真が残されている。和子さんはちょうどその時病気で寝ていたため日光には行けず、悔しかったためによけい印象が強いという。高漢容は湖畔でリョウと、どんな思い出話をしたのだろうか。

　また、和子さんは、祖母から「これからは高山さんと呼ばなければならない」と言われた記憶もあるそうだ。高漢容が〈高山嵩久〉という日本式の名前をつけたのは、一九四〇年であるから、これは四三年に訪問した時のことだろう。

　この頃のリョウに関するエピソードとして、一九四三年六月十三日付『朝日新聞』朝刊には、菊村良仙女史（七十一歳）を始めとする名流婦人たちが渋谷の赤十字病院を訪れ「白衣勇士慰問の茶会」を開いたという記事が出ている。良仙は、リョウの茶名である。リョウは雪子の死後も東京で暮らし、一九四五年東京大空襲の際に延岡に帰った。

　これらのエピソードからすると、高漢容は宮崎の新聞社にいた頃から、リョウと親しかったと思われる。上京する前から雪子のところには近隣の文学青年たちがオープンに出入りしており、リョウも雪子の男友達と言葉を交わす機会があったのだろう。リョウは開城《ケソン》に住んだことはなくとも、夫が二、三年は開城に勤務していたから、開城が豊かで生活レベルの高い、清潔な都市であるということぐらいは知っていたはずだ。共通の話題には事欠かなかっただろう。雪子の数多い男友達の中でも礼儀正しい美青年の高漢容に、リョウは好感を抱いていた。少なくとも娘の男友達としては、貧乏文士で病弱で酒乱で女にだらしのない四十男の辻潤よりは、百倍も好ましいことは間違いない。

帰国後の生活

朝鮮に帰ってからの高漢容は、両親がすでに亡くなっていたため、兄の家族と同居していたのではないかと思われる。一九二七年、兄の長男英明《ヨンミョン》が京城府楼下洞《ヌハドン》一五九で出生しているから、これが当時の兄一家の住所だろう。

兄は一九二八年に京城郊外の長湖院《チャンホウォン》に引っ越した。引っ越しの理由や、兄がどんな仕事をしていたかは分からないが、あまりいい暮らしではなかったようだ。一九三三年二月十日付『東亜日報《トンアイルボ》』に、「高漢容氏の特志」という記事が出ている。

【長湖院】本籍を京城に置き、一時的に長湖院に滞在している高漢容氏は報酬がないのはもちろんのこと、客地でのさまざまな苦労もかえりみず、当地の夜学講習会で自ら進んで講師を引き受け、他の講師たちとともに手を取り合って数百人にも上る児童に一生懸命教えに来るので、人々は氏の誠意に感激してやまないそうだ。

長湖院の夜学講習会は一九二五年から毎年農閑期に開かれていたもので、農民や、貧しい家庭の子供たちが通っていた(「長湖院夜学講習会好積」、一九二八年十一月二十九日付『東亜日報』。「長湖院時話：夜学講習会曙光」、一九三二年十月十六日付『東亜日報』)。

識字率の低かった朝鮮では、一九二九年ごろから学生が夏休みに農村を訪れて読み書きのできない人に文字を教える啓蒙運動が始まり、三一年七月からは『東亜日報』の後援を得て本格的な「ヴ・ナロード（v narod, ロシア語で「民衆の中へ」の意）運動」が展開された。高漢容もその運動の一端を担っていたということになる。それにしても、新聞記事になるぐらいだから、よほど献身的に活動していたのだろう。

高漢容は最初の結婚の時に満三十三歳だったから、当時としてはかなり晩婚であった。雪子が亡くなってから四年後のことだ。さぞかし周りが、嫁をもらえとうるさく言い続けたことだろう。なかなか結婚に踏み切れなかったのは、雪子に対する思いが残っていたのか。

記録によると一九三六（昭和十一）年十二月七日、高漢容は京城府武橋洞九十一番地に分家し、同年十二月二十二日に最初の結婚をしている。妻は〈趙次芳女〉とあるが、この人に関しては、忠清南道天安郡出身、一九一〇年七月五日生まれという以外、何も分からない。現在韓国に在住している高漢容の遺族は二番目の妻の産んだ子供と、そのまた子供で、彼らは高漢容の最初の結婚について最近まで知らなかった。

翌年三月十六日、京城府鍾路《チョンノ》六丁目七十二番地において長男賢明《ヒョンミョン》が誕生している。しかし妻は一九三八年二月一日に京城府南大門通りの聯合医学専門学校附属病院で死去し、それからちょうど一年後の三九年二月四日、京城府城北町四十六番地の二十二において賢明も亡くなっている。この年には高漢容の兄漢徹《ハンチョル》も亡くなり、不幸が続いた。

二番目の妻は一九三九年六月五日、開城府高麗町の文漢周の娘である文泰姫《ムンテヒ》（一九一八―二〇一二）で、高漢容より十五歳年下である。文泰姫は戊午《つちのえうま》の生まれで、丙午《ひのえうま》と同様、この年に生まれた女は気が強くて普通の結婚ではうまく行かないという言い伝えがあったために、かなり年上の、それも再婚の男に嫁がされたというから、少なくとも恋愛結婚ではない。少しお金ができた時に妻が家を買おうと主張したが、買わなかった。年の離れた妻は経済観念の稀薄な夫に不満が多く、あまり性格は合わなかったようだ。長男が亡くなった数ヵ月後に再婚というのは少々早すぎるような気がするが、七月二十日には合名会社亜細亜貿易公司（本店の住所は京城府南大門通一丁目二十二番地で自宅と同じ。高麗人参などの販売、塗装請負業、代表社員は尚豊植、高漢容。社員黄今鳳、文泰姫）を設立しているから、この新しい事業との絡みで早く入籍した方がいい事情があったのかも知れない。この会社は、妻の姉が開城で人参エキスを製造していたものの販路を開拓できなかったため、高漢容が販売をすることになって設立したそうだ。人参商売はわりにうまく行ったらしい。〈塗装請負業〉というのは、よく分からない。

同年九月二日、正式に高漢容と改名した。それまでもずっと高漢容という名を使っていたが、書類上は幼名栄福《ヨンボク》のままであったのだ。九月二十八日には京城府鍾路六丁目七十一番地東大門婦人病院で次男俊明《ジュンミョン》が誕生した。文泰姫との間では第一子である。この年には長男の死、兄の死、再婚、次男の誕生、会社の設立があったわけで、幸と不幸が入り乱れて身辺は非常に慌ただしい。

一九四〇年四月ごろから朝鮮では設定創氏（朝鮮総督府が朝鮮人に対して行った皇民化政策の一つとして創氏改名があったが、創氏の手続きは設定創氏と法定創氏の二種類に分かれた。四〇年二月十一日から八月十日までの設定期間に届けられた氏は設定創氏と呼ばれ、多くは日本風の姓であった。届けなかった場合は従来の朝鮮姓をそのまま氏とし、これを法定創氏と呼んだ。いずれも夫婦は同姓になった）する戸数が急増し、高漢容夫妻もこの年に高山嵩久、高山愛子という日本式の名前を届けている。

一九四三年には京城府東大門敦岩町一七六の二十四に移転し、翌年二月二十三日に三男源明《ウォンミョン》（幼名瑛三）が誕生した。同年十一月二十四日、東京の安アパートで辻潤の遺体が発見された。野宿などしているところを知り合いのアパートに入れてもらったのだが、布団すらなくて一枚の毛布にくるまって震えながら餓死した。

終戦直前の一九四五年一月二十九日付朝鮮総督府官報には、三和物産株式会社取締役に高山嵩久が就任したと出ているが、この会社については何も分からない。解放（日本の敗戦）後ほどなくして〈三興織造〉という繊維工場を三年ほど経営した。兄の長男高英明も働いていた。また、時期ははっきりしないが、南北の境界に三十八度線が引かれた後、高漢容は開城に行って荷物を持ってきた。途中人民軍に捕まったものの、ロシア製の猟銃を提供することで、見逃してもらったという。

一九四六年六月二十八日に敦岩洞で長女明珍《ミョンジン》が出生し、一九四八（昭和二十三）年四月五日には次女昌珍《チャンジン》が生まれた。また、この年に繊維工場が失敗し、人手に渡った。『全国企業体総覧』一九五八年版には「三興織造社（代表　朴成緒）、ソウル市城北区敦岩洞二八六」という記載がある。代表の名は、工場を譲り受けた人の名前だろう。

一九四九年ごろ、今度は忠清北道《チュンチョンプクト》椒井《チョンジョン》でサイダー工場を経営する。

鉱泉水で知られた椒井には忠北泉淵炭酸株式会社があった。一九一〇年中央鉄道会社が初めて開発し、一九二一年日本人が経営する小林鉱泉が工場を建て、椒井薬水を利用した〈泉淵サイダー〉を商品化し、外国に輸出していた。
以後、名前を忠北泉淵炭酸株式会社に変えてサイダーを製造した。当時の建物のうち、二酸化炭素（CO_2）を吸い上げていた倉庫と推定される建物が残っている。
（「産業文化遺産」、二〇〇八年十一月十九日付『中部毎日新聞』）

この〈忠北泉淵炭酸株式会社〉が、高漢容の会社らしい。日本人のつくった会社を、戦後引き継ぎ、ソウルに事務所を置いた。これはわりにうまく行って、一時期の暮らしぶりは良かった。一九五〇（昭和二十五）年に勃発した朝鮮戦争のさなか、一家が忠清北道に疎開できたのも、工場があったおかげである。

しかし、当時の韓国にはソウルサイダー、サムソンサイダー、スターサイダー、クムガンサイダーなど国内企業の生産するサイダーが何種類もあり、現在最もポピュラーなチルソン（七星）サイダー（当時の会社名は東邦清涼飲料）も一九五〇年五月に誕生した。これらのライバル会社との競争に敗れ、ついにサイダー工場も失敗に終わる。工場を手放す際には詐欺にあって、正当な代価を得られなかった。

一九五一年、高漢容の実家であった邸宅において南北の停戦会談が開かれた。七月八日が予備会談、本会談は十日である。当時の新聞記事は、会談の模様とともに家の構造なども伝えてくれる。

実家の建物は人手に渡った後に旅館や飲食店として使われたため〈来鳳荘《ネボンジャン》〉という看板がかかっていたが、建物の構造や池などは高漢容の幼い時とあまり変わらないはずだ。

記事によると、松岳山《ソンアクサン》のふもとに位置した来鳳荘の庭園は三百坪以上の広さを持ち、人工の池にはあずまやもあった。共産軍は開城市で停戦会談を行うことが決まるといち早く松岳山に入り、来客を迎える主人のごとく、この会談場の準備を整えた。新しい軍服をぎごちなく着た共産軍の将校と兵士たちは柿やネズの木の下に立ち、南側の記者たちを監視していた。「この幽玄の歴史を持つ別荘は、平和が訪れれば建物と敷地を合わせて時価三千万ウォンにもなる豪奢な瓦屋根の家だ」。鉄柵を巡らせた門から入ると、池をはさんで右と左にそれぞれ道があって、どちらも母屋に通じていたが、共産軍の代表団はつねに左の道を、国連軍の代表団は右の道を歩いて会談場所に向かった(「停戦会談場　開城の来鳳荘」、一九五一年七月二十一日付『東亜日報』)。

国の運命を決める重要な会談が自分の育った家で行われたということを、高漢容はいつ知ったのか、どんな気持ちでそのニュースを聞いていたのか。家族には何も語っていない。

一九五二年八月三十日、忠清北道清原郡にて四男健明《コンミョン》出生。一家はまだ疎開先にいたようだ。遺族の話によると一九五四年ごろ、高漢容は知人の推薦で〈中央庁公報部大韓映画製作所所長〉となり、甥の李慶在もそこに就職させたという。おそらく現在の国立映像製作所の前身であると思われるが、ホームページによると当時の正式名称は〈公報処公報局映画課〉のはずだ。この時、アメリカ軍とともに戦争映画『不死鳥の丘』を製作している。暮らし向きは悪くないものの、国策映画の製作が、愉快な仕事であるはずはない。映画撮影の間も、現場で本ばかり読んでいたらしい。

『不死鳥の丘』は翌年公開された。

一九五七年、今度は鉱山に手を出した。失敗して財産の大半を失い、家産は決定的に傾いた。

一九六〇年ごろから高漢容は、どういうわけか、野菜の肥料などを独学で研究し始めた。有機栽培のようなことを考えていたらしい。特許も取得した。特許を買い取りたいという人もいたが、売ることはなく、事業化には至らなかった。研究は死ぬまで続いた。なぜそんなことに興味を持ったのかは分からないが、禹長春《ウジャンチュン》と親しかったことと、何らかの関連はありそうだ。禹長春といつどこで知り合ったのかは知られておらず、禹長春の影響で興味を持ったのか、興味があったから禹長春と親しくなったのかは何とも言えない。しかし、禹長春は韓国に行く直前、京都のタキイ種苗で研究をしており、四一年四月二十八日に京城府新吉町に設立された〈朝鮮タキイ種苗〉の理事にも名を連ねている。そして解放後の四九年に高漢容の甥、李慶在が同社の代表に就任しているのだ。高漢容が甥を紹介したのだろうが、あるいは甥がタキイ種苗で働いていた縁で高漢容と禹長春が知り合った可能性も考えられる。

一九六八年十月二十五日、軍医だった次男俊明が事故死した。高漢容夫妻の嘆きようは、ひととおりではなかった。

ソウルからの手紙

五十年近く消息が途絶えていた高漢容から、高橋新吉あてに突然手紙が送られてきた。一九七四(昭和四十九)年一月十八日、平壌《ピョンヤン》でアナキスト朴烈《パクヨル》が死去してしばらく後のことである。高橋新吉はその手紙の一部を「ドストエフスキーと朴烈」に引いている。

約五十年前、すなわち凡そ半世紀の年月が過去り、今やお互いにもう老人である筈の高橋さんを思出しています。

故朴烈とその夫人金子文子さんの追悼会が、此方のＹＷＣＡで催され、東京からはるばる参席の為栗原氏が御来韓せられた由、僕の親友韓吉《ハンギル》君と会同しあなたの消息も伝えて下すったと云うことです。

貴下が朝鮮に来られたこと、僕が貴宅を訪れたこと、最後に九州の延岡であって別れたことなど生々しい記憶であるけれど、今想い出すと全く夢のようです。その後辻潤氏や吉行エイスケさんも亡くなられ、菊村雪子なども、みんな他界の人々、考えると人生無常であります。僕と韓吉君とは共に七十一歳の齢で、時たま会って懐古談を語る位のもの、他に生き残った昔の友人はめったにありません。菊村澄子さんは或は生きているかも知りませんが、健在であるとしても、もうずいぶんお婆さんでしょうね。卜部哲二郎〔正しくは哲次郎〕、局清《つぼねきよし》君などとも懇意でしたが、さて生き永らえているかどうか知りません。（一九七四年二月十九日付手紙）

前略――局清君が健在であり、今秋山清に変わって文筆活動を盛んにやっているとのこと、今はもう爺さんでしょうけれど、若いときはアナもアナなかなかいい男でした。僕が宮崎日日新聞社に勤めていた折、病気して宮崎県立病院に入院生活をしていたことがあります。所が或日局君がその病院にひょっくり現れました。東京からはるばるやって来たので驚いたんです。だが当時それっきり再び会う機会が一度もありませんでした――」（同年三月十一日付手紙）

新吉は、「高君は、ダダイズムにかぶれて、辻潤とも親しかった。日本名を高山と言っていたが、秋山清も、高山慶太郎の筆名を、時々使っているのである」と書いている。

北朝鮮で朴烈が死去したというニュースを受けてソウルの明洞《ミョンドン》ＹＷＣＡで行われた追悼式は、一千人もの人々が参列する盛大なものであったという。現在、韓国では朴烈は独立運動家として評価され、生家は記念館になっている。

栗原一夫（一男）は一九八一年六月二十二日、秋山清は八八年十一月十四日に死去した。高橋新吉は八七年六月五日、妻と二人の娘に見守られ、貧しいながらも幸福な晩年を閉じた。

子供たちが記憶している父、高漢容は、身長百七十二、三センチぐらいで、趣味は庭いじり、旅行、猟（猟銃で雉を撃って持ち帰ったこともある）、スキー。酒、煙草も好きだった。片時も本を離さず、枕元にはいつも本や英語の辞書などが置いてあり、寝る直前まで本を読んでいた。口数は少ない方で、子供たちを叱りつけるということがなかった。晩年、孫たちが遊びに来ると、にこにことして見守っていた。

高漢容の妻の甥（妻の姉の息子、一九三三―）は昔を振り返って、「高漢容はたいへん紳士的で素敵な人だった。自分は菊池寛の恋愛小説をよく読んでいたので、よく高漢容と文学の話をした。開城の人たちは、解放後は土地を没収されてしまった。開城商業高校の卒業生から財閥がたくさん出た」と証言している。

高漢容より一つ年上の児童文学者高漢承《コハンスン》は、児童文学の分野で精力的に活動するかたわら高麗人参の商売も手堅く続けていて〈青年富豪〉と呼ばれ、〈開城の金持ち十人〉の一人に数えられた。また、彼は若い時から開城府会議員を続けた地方の名士であるため、京城日報社の『朝鮮年鑑』にも毎回名前が出ている。参考までに一九四三年版を見ると、「高山清（旧姓名高漢承）（京畿道）明治三十五年生　日大芸術科　開城府会議員　開城府満月町　電四五二」という具合である。馬海松《マヘソン》もモダン日本社の経営では素晴らしい手腕を発揮したし、開城出身の友人たちは、たいてい商売上手だった。

しかし、同じ開城人なのに高漢容は商売が下手で、さまざまな事業で失敗を繰り返した。そのため子供たちは奨学金をもらったりアルバイトをしたりしながら自力で大学に通うなどの苦労を強いられたけれど、生活能力の乏しい父親を恨む気持ちは、全くなかったと言う。物静かで本を片時も手放さず、英語と日本語とロシア語とエスペラント語ができて、不思議なぐらい何でも知っている父を、子供たちは尊敬していた。最初の妻と長男が早く亡くなり、次男が事故死したことを除けば、子供たちはみな立派な社会人として成長した。かわいい孫たちと過ごす穏やかな時間も持てた高漢容の晩年を、不幸とは言えないだろう。高漢容は一九八三年十月二十三日、老衰で世を去った。享年八十。

高漢容が、建設関係の仕事でフィリピンに単身赴任していた息子に送った手紙がある。

源明に

故国と家庭を離れ外国に出ていると、とても孤独で寂しいだろう。身体は大丈夫か。こちらはみな無事でいる。文淑は三ヵ月ぐらい前にケガをした腕の添え木も取れ、三角巾もいらなくなって、とても元気だ。芝玲はいっそうかわいくなってくる。子供はこの上もなくかわいいものだね。昨日今日は、お母さんと一緒に、お母さんの実家に行っている。そのうち戻ってくるだろう。ソウルはこの頃、とても寒い。零下十六度五分。ずっと十四度前後だから、老人たちは外に出られないほどだ。そのうえ全国的にも大雪で、どこも雪の積もってない所がない。いちめんの銀世界だ。私はちょっと前に風邪を引いてひどく苦労した。もうすっかり良くなったがね。マニラは南方だから暖かいだろう。土木工事もうまく行っているのか、心配だ。

家のことは何も心配するな。客地でお前が健康でいることだけを願っている。

では。

一月五日　父　高漢容

何の変哲もない、優しい父親の手紙。老いた高漢容はこんなふうだった。晩年は神経痛で苦しんでおり、アメリカにいる娘にあてた手紙では「痛くて夜も寝られない」とこぼしていたものの、家では全く言わなかったから、同居している家族は誰も気づいていなかった。亡くなった後に、父が毎晩寝られないほど苦しんでいたことを知った家族は、ひどく泣いた。

付録　高ダダのエッセイ

＊高漢容《コハニョン》＝高ダダの残した朝鮮語の文章のうち現在発見されている五篇をここにまとめて訳出した。高漢容が若い時に書いた小説や、おそらくは当時の『宮崎日日新聞』に連載したと推測される無銭旅行の経験談を書いたエッセイなどは、現在までのところ見つかっていない。この他、短い童話の翻訳があるが、重要なものとは思えないので割愛する。訳文中、高橋新吉の言葉、詩など日本語で書かれている部分は太字で示した。日本語の箇所に見える明らかな誤りは正した。

1　ダダイスム

高漢容

DA・DA――宣言することを嫌うと言いながら宣言し、すべてのイズムに反抗してそれらのすべても否定しつつ、やはりあるイズムのような旗を掲げて芸術と思想の世界に現れた。

ダダは他のさまざまな主義のようにひと言で定義するのは、ちょっと難しい。虚無主義とか厭世哲学とかあるいは個人主義とか、どれもその輪郭をつかむのに名前や意義がそれほど分かりやすくはないけれど、ダダはひと言で、あるいはいくつかの言葉で表すのがあまり簡単な主義ではない。DA・DAの文字通りの意味はフランス語の「馬、持論、宿論」などに相当するらしいが、ダダイストの宣言文では既存の観念を追い散らす言葉だと言っている。

宣言文がそうであるように、在来の古い観念を追い出してしまう。既存の宗教、哲学、芸術を否認し、のみならず真理に対する感激に侮蔑の笑みを投げかける。カント、ヘーゲル、リッケルトなど、人々は彼らの偉大さを叫ぶけれど、ダダたちはそんなことはしないし、腐ったカボチャのかけらほどの価値も見出さないらしい。

おおむね楽観か悲観かと言えば前者だろうが、ヘーゲルの合理説のようなものではなく、嫌な感じの苦しさ、底知れぬ絶望の中、この世に満ちたさまざまな矛盾をずっと前から嫌というほど感じていたのが、今となってはあまりにばかばかしいから楽観するのだ。すべての本能をもっとも自由に肯定したうえでの解脱である。

ダダイスムは一九一六年の大戦中にスイスのチューリヒで始まった。欧州各国の亡命客と危険思想家、無政府主義者の巣窟であった同市にフーゴー・バルという人と、その情婦であるエミー・ヘンニングスという女がカフェ〓〓〔カフェ・ヴォルテールのはず〕という酒場で初めて幕を開けた。そこには大戦が進展してどこがどうなろうとも、いっこうに気にしない一団の文士、画家、音楽家たちが集まり、自分の作品を朗読したり演奏したり展覧会を開いたりする同時性の芸術が共演していたという。

DA・DAのリーダーはトリスタン・ツァラ（Tristan Tzara）という人だ。国籍がどこなのか世に知られてないらしく、生まれはルーマニアとの説もある。彼らはダダ時報を刊行し、宣言を発表して再びパリに行き、一九二〇年二月五日に一大会合があったそうだ。

ダダイスムの分子は、在来のさまざまな主義と思想にもたくさん見られる。シュティルナーの個人主義にも、アルツィバーシェフのサーニズムにも、イプセンの〈無〉にも、仏教の解脱、ニーチェの哲学、虚無主義、享楽主義、ロマンチシズム、デカダニズム、そして美術でも印象派以後の諸派、すなわち表現派、立体派、未来派など、すべて少しずつどこにでも混じっていた。そして、おどけた田舎のばあさんの人生観にだって見られるようだ「これも「おすみ婆さん」を念頭に置いたもの」。これらの中で選ぶべきものを選び、除くものは除き、混ざり、一緒になった感があるが、しかしまたそれだけではない。

ダダ主義者の間ではダダ訛《なま》りという独特の言葉があって第三者には見分けられない表現の仕方をする。わざとそんな表現法を選ぶというのではなく、彼らの感情、彼らの思想を言葉や文章に書こうとすると――同じ国の言葉を使っても――どうしたって第三者には分からないものになる。その中でも彼らの絵に至っては、それこそ皆目分からないものがたくさんある。

フランシス・ピカビア（Francis Picabia）はこの派でも有力な画家だが、彼の描いた《トリスタン・ツァラの肖像》は、ダダ以外の誰が見ても、肖像画に見えない。

その絵を見ると二本の直線と二本の波線、五つの赤い点、十二個の黒い点でできており、あちこちに「幻影、確実性、観念の幻術が蒸発する。花、香り」などの文句が散らされている。

ＤＡ・ＤＡの芸術では伝統的形式美など問題ではない。自分の言おうとすることを、ただ端的に表現すればいいのだと言い、このように記号的あるいは図式的な表現をしてしまう。

この他にもたくさんあるが、マルセル・デュシャン（Marcel Duchamp）の絵も、傍目にはいたずらだか何だか分からない、人を笑わせるものであった。それは文芸復興期の天才レオナルド・ダ・ヴィンチの有名な絵《モナリザ》の複製を持ってきて、その妖艶な微笑が漂う顔にドイツの皇帝カイザルの髭をつけたのだそうだ。またある画家は大きな白紙にインクを少しふりかけて出品した。題して曰く、《聖母マリア》。

このように奇矯な作品ではあるが、ともかく彼らが極端に反伝統的態度を持っていることは推測がつく。形式がそうであると同時に、内容がまた反伝統的なので、精神生活や対人関係にまるっきり新しい世界を創造している。

ＤＡ・ＤＡの人生観を理解するのはそれほど難しいことではない。何かの哲学や深い理論があったり、何かややこしい体系があったりするわけでもないので、近代的意識の中でしばらくぶつかってきた人ならばすぐに理解するだろう。一部の学者、博士たちは堕落した世紀末主義だと騒ぐが、苦悶と絶望の中で生きてきた僕には、どれほどありがたい主義だか知れない。しかしもちろんその徹底した境地に至るのは、それほど簡単ではないだろう。僕もまだ未熟なダダなので、ＤＡ・ＤＡの芸術品――ダダ訛りの詩や図式的画面には、ほとんど何の意味も見つけられないでいる。

ルイ・アラゴンの「自殺」という詩は、ａｂｃからｘｙｚの間のｊの字だけを取り除いて、二十五文字を並べて書いてある。どういうことだか、分かったような、分からないような……いっこうに分からない。また、ボンニエールの「発作」という詩も、似たようなものである。

次にダダの親分トリスタン・ツァラの宣言文を写してみよう。

「……私は一つの宣言を書く。そして私は何も求めない。だが私はある事を言う。そして私は主義として宣言に反対だ。それから主義にも反対だ。――私はこの宣言を、人は新しく一呼吸して互いに全く相反した二つの動作を同時にやることができるということを示すために書く。私は動作に反対だ。矛盾を止めるためではない。肯定のためでも、賛成のためでも、反対のためでもない。それから説明は御免蒙《こうむ》る。なぜというに、私が意義が嫌いだから。

ダダ――これは観念を追い散らす言葉だ。

ダダは何ごとをも意味しない。

我々はまっすぐで力があり、正確な、そして永久に理解されないものを欲する。論理は混乱したものだ。論理はいつも悪い。

我々にとって神聖なものは非人間的行動の振興だ。倫理はすべての人の血管にチョコレートを注射することを意味する」

『近代美術十二講』の著者森口多里氏も、この宣言文を翻訳しておきながら、本当の意義はよく分からないという意味のことを言っている。僕が分かると言えば、それは嘘になってしまうかも知れないけれど、分かることまで分からないと言う必要はないだろう。問題は同化されるかどうかにあるので、難しいという点にあるのではない。しかし理解できない人に対して、説明できないものだと思う。

ダダイストの間では思想と感情の共産主義だ。――こんなことも、これだけ聞くと意味をなさないように見えるだろうが、彼らの世界では少しも変な言葉ではない。

ダダはある一つの芸術にのみ限られていない――とトリスタン・ツァラは語った。片手でポートワインを注ぎ、もう一方の手で自分の痲菌《りん》を握るマンハッタン酒場の給仕人はダダイストだそうだ。

「僕はダダイスムがわれわれの崇高なるロマンチシズムの最後の必然的なる極限であることを提唱する。ロマンチシズムとは結局なにか？　それは叡智によって教唆された約束とは全然相反した純然な感覚への到来である。理性の法則を侮蔑した肉感的神秘主義だ。その感覚はどうして体験出来るか？　叫喚によって。そしてその法悦は？　超絶的沈黙によって。多量の沈黙と若干の叫喚――それが僕らの作物である。かくの如くして超人的な、孤寂な赤裸な言葉の解放によって存在のセセコマシイ殻を爆発させて飛びあがるのである」――フランスのダダ、Pierre Mille――

「みんな旧い常識の上に建てられた意識的構成のピラミッドだ、凡庸のスフィンクスと無能のオベリスクとが砂漠の上であくびをしている。

芸術は昔おれに残されたたった一ツの幻影にすぎなかった。

おれは後をふりかえってみる必要はない、どこを見渡してもバラックの廃墟ばかり。

英国の首府が東京で、オランダの皇帝がカイゼルで、中華民国がボリシェビキでもかまわない。

砕かれたフラスコから微妙な音楽がきこえたり、煙草のハイログラフから素晴らしい抒情詩を発見することができる。

島田清次郎の胴体に豊彦の首をスゲ、天香の衣をきせて、武者小路の下駄を穿かせて銀座の真ん中へ、これは真乱上人(親鸞上人?)の銅像だといって正札をブラ下げて展覧するのはダダ主義者である〔これは辻潤「ダダの話」の一節を引用したもの。高漢容は「真乱上人」の後に「(親鸞上人?)」と書いているが、辻潤『ですぺら』(一九二四)所収の「ダダの話」では「真乱上人」、『辻潤全集』第一巻所収の同文では「親鸞上人」となっている。なお、豊彦は社会運動家賀川豊彦、天香は京都で修養団体一燈園を設立した西田天香、武者小路は武者小路実篤のこと〕。

諸君がダダになるかならないかは諸君の随意である。だが、諸君がダダになる日にはおそらく、諸君の生活意識と思性と感情とエトセトラとの破滅の日であることを覚悟しなければならないだろう。

自分は矛盾の織物を着た泥人形だ。いつでも過去と現在と未来を交錯して生きている。

ダダは総じて過去よりも未来よりも現在を愛する。というより、ダダにとって過去と未来は存在しもせず、不用でもあるのだ。だからあまり古典的なものを好まない。

ダダは今日自分の生活を構成してくれている存在をいつくしんでいる。藪の中にいる十羽の雀より、ふところの中の半羽の雀を愛する。

同時性と騒音とリアリスムの三位一体からダダの精神は蒸発する」——辻潤——

比較的分かりやすい西洋のダダ詩を一篇と、辻潤の言葉をもう少し書き写して終わることにしよう。

Cow, Cow, Come here!
Do You live? am I live?
What a pleasant day-light here in this vast open field!
Cow, Cow, Come here! Do you live?
let me drink your sweet milk, and kiss me…

「ダダは真理にも美にも人類にも善にも動じない。ただ、ダダのしたい通りに動くのみだ。ダダは芸術でも文学でも宗教でも社会運動でも科学でもない。未来派も永久不変ではいられないだろう。人生は短く芸術ももちろん短いのだ。恋は刹那に崩れてゆく。結婚は墓場の準備で、満足は不足の第一歩だ。九天の高みに昇れば昇るほど、地獄の底へ落下するよりももっと深くなる。自然主義は終わった。人道主義も、もうたくさんだ。社会主義の言うことも分かった。三角の化け物のような絵にも嫌気がさした。すべて骨董商の店頭に陳列しろ！　博物館に埋葬しろ！

「古典が好きなら、好きなようにさせておけ。源氏物語でも近松でもホメロスでもシェークスピアでもゲーテでもプラトンでもカントでもトルストイでも孔孟でも耶蘇でも、すべていいだろう。ただ、われわれの生活意識とは全然没交渉なだけだ。それらを文学と哲学と宗教の見本のように思っていなければならない理由はちっともない。

「自分の主観だけが自分の絶対価値なのだ。それが別のものと一致しもするし、一致しなかったりもする。覚めている時の冷水と酔った後の冷水とでは、水というものの価値観が変わる。恋人の手紙以上に興味のある読み物があるだろうか？

「僕はどうしてでも新鮮な感覚と情緒を獲得しなければいけないと思う。それらがなければ決して新たな芸術は生まれない。僕はこの後に人々に対する一つの死んだ暗示になってこの世を去ってしまうことを覚悟している。古いもののすべての理想と芸術と――すなわち根本的人間生活の様式が今、一大転機に傾いている。それを自覚するかしないかで旧人と新人の差は的確に見極められる。ギャップはあまりに大きく、混乱は極致に達した。審判の日が近づいたのだ。

「芸術は新しい精神が爆発した狼煙の炎でなければならないだろう。――それ以外の芸術は生きた屍に過ぎない。すべての過去の思想と観念もまた、そうなのだ。気息奄々とした最後の呼吸に過ぎないのだ。眼のある者は見るであろう。耳のある者は聞くであろう。

「ダダはいつまで続くのか？」

ダダはすぐに滅亡する、滅亡することによって永続するのがダダだ。

ダダは線ではない、ダダは点である。

――辻潤――

ダダが来る！　その時々で、好き勝手にするダダのことだから分からないとは言え、先頃辻潤君から来た手紙によれば、この秋にいちど朝鮮に来るつもりだとのことであった。来たら、朝鮮のダダ諸君、いちど一緒に遊んでみるのはいかがだろう。

一九二四・八・七

（『開闢』一九二四年九月号）

＊韓国の国立図書館に所蔵されている『開闢』影印本は乱丁本で、「ダダイスム」一頁─八頁までのうち五頁と七頁に、この雑誌の巻頭論文である李敦化「現代青年の新修養」の一部が紛れこんでいる。韓国の国史編纂委員会韓国史データベースの「韓国近現代雑誌資料」は、この乱丁をそのまま採録しているし、乱丁に気づかないまま、この部分まで高漢容の文章として論じてしまった研究者もいる。

2　ソウルにやって来たダダイストの話

高漢容

一九二四年九月一日、日本のダダ詩人高橋新吉君が来た。別に用事があって来たのではなく、別府という所まで、いわゆるダダ式散歩に出かけて、朝鮮までぼちぼち歩いてくる代わりに〔船に〕乗ってきたのだそうだ。十五日の午後、家に帰ると言って再び汽車に乗って発ったが、どこに行くのやら、僕だけではなく、本人も分からないようであった。

十五日間いっしょに過ごした話だとか彼の性格や主義に関しては、新たに何か小説の形式にでもしない限り表現しづらいから後日また時間のできた時に書くとして、まずは演説しようとしていた彼の草稿をそのまま、ちょっと紹介してみようと思う。だがこれは彼自身が筆を執って書いたのでも、自分が講演をすると言い出したのでもない。DA・DAというのは講演するような性質のものではないけれど、いい機会だから一度講演してくれとは言ってあったのだ。しかしながらいざとなると僕も彼の口から何が飛び出すか分からないので、何度も迷った末に、どんなことを話すつもりなのか、ともかく僕に一度聞かせてくれてはどうかと尋ねてみた。なぜかと言えば、少し前に彼が神戸で講演した際、停止命令が出たためだ。それも何か政治的なことや、その他の何か不穏なことを言ったからではなく、ひどく突拍子もないことを言って聴衆が騒いだためにそうなったのだそうだ。今度もそんなことになってひどい目に遭ったら損なので尋ねた次第だが、彼はすんなり承諾してくれた。その時、僕は「誰が通訳するにしても……」と言いつつ横に座っておおよそのことを筆記しようとした。すると彼はにたにた笑いをやめて立ち上がり、ちょっと考えた後に話したのが、これだ。

「**私は、高橋新吉ではない。私はダダ新吉ではない。私はダガバジマクワウリ**〔『ダダイスト新吉の詩』より以前、新吉は謄写版で『まくわうり詩集』という詩集をつくっている〕**ではない。高橋と云う人間がどんなものであるか知らない……**」

「そんなこと言うなったら。どうしてこんな……」

「おい、どうしたんだ?」

「いや、ダダイストの間では構わないけどね。でもここに来てまで、そんなふうじゃ……」

「それならタカハシ……」

「**私はダダに就いてお話をします。私はダダに就いてお話をしますと言ったのであります。私は**

ダダに就いて色んなことを知っているのであります」

「だから、そんなこと言うなってのに……」

「エーと、人間は忘れることが出来る。どんなことを忘れてしまってもいい。だから私はダダの事を忘れてしまった。だから外の話をしなければならない」

「また……」

「私はダダの事を話ししようと思ってこの演壇に上りましたが、アイ憎《にく》ダダのことは忘れてしまいまして、ダダがどんなものであるか思い出そうと思ってもオモイ出せないのであります。私は非常に頭の悪い人間でありまして、よく物事を忘れて不可《いけ》ない。実にくだらない人間なのでありまます」

「この人ったら、もう……」

「うん――アボギャ!」

「ダガバジマクワウリ!」

「エーと、私はダダのことに就いてお話しすることは出来ないのであります。なぜなればダダと云うものは人間の頭では考えることの出来ないものであるから、どんなに考えてもダダの実体をつかむ事は出来ない。ダダは実在している所のものではない。これがダダだと諸君に示すべきところの何物も知らないものであります。こう言ったからとて、私はダダを神様の如く祭り上げようとするのではない。私はダダなんてどんなものか知らない者であると私がこう言ったら――諸君は怒ってもかまわない。それは諸君の自由だ。我々は人間である。我々は人間であろうか。我々は人間というものがどんなものであるか知らないのである……」

この時から彼の気分は少しおかしくなってきた。だんだん表情が厳粛になり、ゆっくりと語った。しかしこれぐらい話せるまでに彼の感情が落ちつくのには、しばらく時間を要したのだ。他人の目にはよく分からない彼の態度や耐えがたいほど変な性格、新吉君の独特のDA・DAは、同じダダイストでなければ愛することができないだろう。DA・DAはこれといった軌道がないので、他の主義のように一定の何かがあるわけではないが、西洋のダダイストとはずいぶん違う、はるかに徹底したところがある。僕にとって彼の宣言文などは、ありきたりの哲学や甘じょっぱい文芸物より、どれほど味わい深いか知れない。まず彼が言った通りに筆記しておいたものをここに書き写してみよう。

「幸福は巨象の群の様に過ぎた〔これはポール・モランの詩の一節。川路柳虹が「ダダ主義とは何か」（一九二二）という文章に引用した〕と一人のダダは言った。幸福というものはどこを探しても見つからない。幸福は女の鼻毛に二三本混じっていたと、僕も言ったことがある。それならばどんなものが幸福であろうかという問題は、幸福というものはこの人生どこにもないと断定する以上、どんなもんであるということは不必要になってくる。多くの人々が今まで言っているように、幸福というものはそれを得た瞬間から幸福でなくなる。常にそれは理想にとどまり、イリヤの世界に住むものであるかも知れない。しかし現在の多くの人々は、常に幸福を追い求めて生きていると思っていらっしゃる。俺はもう幸福が得られないから死のうとかいう小人ですら、死に幸福というものを求めていらっしゃる。しかし――幸福の問題もこれぐらいにしておこう。

「余は腐乱せる太陽のもとに振動する宇宙的能力の一切に反対する」。これもあるダダイストの宣言である。彼は一切に絶望してしまった。彼の目を喜ばせるところの何ものもない。彼の熱を注ぐべき仕事も彼には見出すことが出来ない。彼はこの世の一切の快楽から目をつぶってしまっている。彼はもう動くことをよしてしまった。何にも欲しなくなった。彼にはすべての事がばかばかしく見える。

空に輝くところの太陽も、ライ病患者の肉のそれのごとく腐っていると見る多くの厭世主義者とか虚無主義とか言っていらっしゃる人々の頭の中には、かくの如き思想がうずくまっている。余は客観と調和とを厭う。哲学も宗教も客観と調和とをより多く求めている。けれども一切の世界観は単語の交雑であるとみなすところのダダイストにとっては、仏陀の宗教もアインシュタインの宇宙観も共に価値なきに等しい。しからばダダはいかなる哲学を打ち立て、いかなる宗教によらんとするものであろうか。ただ単に今までの人類に偉大なる痕跡を落としたところのものも、何でもないもんだとするところのもんであろうか。ダダは単なるコシカケに過ぎないものであろうか、寝ころんで骨休みをするところの寝台の如きものであろうか、という疑問を打ち捨てておいて先を言うことにしよう。

千九百二十二年に僕の発表したところの宣言をここで読んでみよう。これには断言はダダイストであるという題がついている。すなわち断言という言葉がダダイストであるという意味なのである。ダダは一切を断言し否定する。無限とか無とか、それは煙草とか単語とかと同音に響く。想像に湧く一切は実在するのである。一切の過去は納豆の未来に包含されている。人間の創造以外を石や鰯の頭によって想像し得ると、シャクシも猫も想像する。ダダは空気の振動にも細菌の憎悪にも自我という言葉の句にも自我を見るのである。断言は一切である。宇宙は石鹸である。石鹸はズボンだ。一切は不二だ。扇子にはりつけてあるクリストにところてんがラブレターを書いた。一切がっさい本当である。およそ断言し得られない事柄を想像することが、喫煙しないミスターゴッドに可能であろうか。神はオールマイティーであるとクリストは言った。ダダは一切のものがオールマイティーだと断言する。だからオールマイティーは一燭の電球をオホーツク海に投じても時々底の方で灯っているものだと断言する。一切は不二だ。仏陀の諦観から一切は一切だという言葉が出る。一切のものに一切を見るのである。断言は一切である。

ダダは一切を否定する。粉々に引き裂く。無二無三になって、無の所で無理な小便をする。仏陀はそこから蟻ほども退くことができなかった。ダダは留まるところを知らない。ダダは一切を包囲する。何ものもダダを恋することができない。ダダは聳立《しょうりつ》する。ダダは一切に拘泥する。一切を逃避しない。物事に矛盾や調子を感じなくなったマクワウリは、ダダイストになりそこねなかったのではない。矛盾や調子はダダイストなのである。一切のものは穿きかえられ得る。変化は価値だ、価値はダダイストだ。誰がダダイストを食べられないものだというであろうか。一切は食物だ。食物は無政府主義者だ。――とか長いこと書いている。だがここに言うことはよそう。が、今まで言ったことによっても、諸君はダダイストの自覚を持たれたことであろう。自分はダダイストである。諸君が各々自覚を持たれれば、もう諸君に話すことは何か他に変えなければならない。あるいは諸君と共にアリランタリョンの歌でも合唱した方がいいかも知らない。君は朝鮮だとこう言われて立腹する朝鮮の人はないだろう。君はダダイストだと、こう言われてそこに恥辱を感じたりする人間のないことを僕は望んでいることに過ぎない。もうこの上、何が無意味だということは、言わないことにしておく」

彼の著書『ダダ』を読んだ人は知っているだろうが、彼は少し前の数ヵ月間、極度の興奮状態にあった。世間では彼が発狂したと騒ぎ、また彼の行動もそれにたがうものではなかったが、とは言っても〔本当の狂人なら〕その時の記憶があんなに明瞭に残っているはずがないのだ。帝大の杉田教授〔精神科医杉田直樹、一八八七―一九四九。杉田の随筆集を読んだ新吉が小説『ダダ』の原稿を携えて杉田を訪問した。『ダダ』は杉田の紹介により内外書房から出版された〕という人は医学上の見地から、前代未聞で唯一無二の参考資料を得たと言いつつ『ダダ』の評を書いたそうだが、それを純然と狂人の記録としてのみ見るのは間違いであったと思う日が来るのではないかと思う。『ダダ』に登場する、新吉君が汽車から飛び降りる前後の場面などには、サーニン〔ロシアの作家アルツィバーシェフの長編小説の主人公の名〕が汽車から飛び降りる以上に人間のせせこましい皮を脱ぎ捨てる大胆な輝きと、DA・DAの力強い叫喚がある。しかし世間は、それがDA・DAの徹底した境地と極度の興奮状態からきた行動であることを考えてくれない。短い間に前後二十数回の拘留と検束を受け、各地方を放浪しながら言いようのない苦労を体験したために、彼は非常に重い病にかかった。今回来た時も前よりずっと冷静だったが、ややもすると身体の疲労を感じ、時折混乱した脳を自分で鎮めることができないようすであった。以下のような発言からしても、近日の彼の気分と、沈静した中にも混乱した精神状態が見てとれるだろう。

「私は今実に宙ぶらりんな心持でいる。私の精神はだらけきっている。私は多くの人々と混じって、互いに意見を交換したりあるいは多くの人々の前で自分の考えを公開したりすることは、最も適しないところの困憊した身体を荷《にな》っている。私は自らの頭を信ずることが出来なくなっている。ここに立っているのはお前か？　こう私は自分に聞いてみる。なあに、こんなものは俺ではない。俺はこんな所にいるわけはないではないかと、私の頭の中には誰か私でない他の人間が座りこんで考えているのではないかと私は思ったりもする。私は――とこう叫ぶ時、私はどこにいるのであろうかと、本当の私であろうか、すべての物を見るにはその盾の両面を見るがごとくしなければならないと、こう言ったりするのは私は何も特別なことを言おうとするのではない。汝自身を知れ！　自分を知ることは最も大切であると昔の人が言ってくれたのは、確かに親切なことである。けれども自分自身を知るということは、いかなる方法でもってしなければならないか、自分自身を知るということはどんな手段をしてするのが一番いいかということについては、ひと言も昔の人が言ってくれていないことは、確かに悲しむべき残念なことである」。以上は、ある日の夕方、座って遊んでいる時に、講演しようという話が出て、このように筆記することになったものだ。しかし事情により、すると言っていた講演は出来なくなってしまったが、もしもう少し冷静な脳で本当にやってみたら、どうなっていただろう。DA・DAの講演とは、するような性質のものではないと同時に、実にいささか高価なものである。

ダダイズム　辻潤
ダガバジズム　舐瓜僧〔舐瓜《てんか》はマクワウリの漢名〕
ニヒリズム　大泉黒石
セイキャポチジョウライ　武林無想庵

前に東京で一度、こんなプログラムで開催しようとしたことがあったが、新吉君が検束されて取りやめになったそうだ〔このプログラムは新吉の小説『ダダ』に出ている〕。今回も、できることなら朝鮮にたいへん好意を抱いている辻潤君も電報を打ってでも招いて、いちど開催してみてもよかったのだろうが、一、二ヵ所に話をしてみたものの主催してくれるほど好意を持っている人もなさそうなので、やめてしまった。

だから京城でのDA・DA講演は以上のように僕の部屋で行われたものだ。それでも『大阪毎日新聞』（九月十四日）はいち早く聞きつけて、高橋新吉京城に現るという見出しのもと、講演を計画中と報じた。のみならず、新吉君が本町通りで毛布を肩に巻いたままDA・DAを高唱していたと、まるで見たようなことを書いているが、それは推測だけで書いたデタラメだ。光化門通りなどで長いキセルをくわえてアガムボジョと何度か叫びはしたものの、京城に来てから彼は毛布など触ってもいないはずだ。

まあ、何を書かれても構わないけれど、次に、朝鮮に来て書いた一篇を借りておこう。作品と感情においても共産主義である我々の間ではちょっと拝借したって構わないのだけれど、彼の体面を立てて一つだけにしておく。

これはある月のきれいな夜、漢江に遊びに行く路面電車の中で書いたものだ。車中で座っていたのに立ち上がり、僕に腰をかがめろと言うので、何を言っているのかと思った。ときどき奇妙なことをするから何をするんだろうと、ともかくかがんでみると、僕の背中を台にして煙草の巻紙に詩を書き始めた。ところで、その時の一行に、Rという女性がいた。

桃と柿のアイノコを食べた
李さん
今夜は漢江の月を蔑んで
東大門の鳥でもあるまいし
行こうよ
電車に乗って

この他にも塔洞公園で書いた詩や居酒屋で書いた詩など数篇あるが、朝鮮で書いたものは本人のおみやげだから、やめておこう。

知られたら面倒なことになるので、新吉君は、そのまま帰ってしまった。ＤＡ・ＤＡの痕踏を何人の人々の胸中に残していったのかは疑問だが、沈黙以外の表現は多くない。

愛し尊敬してやまない新吉君は、よけいなことを考えずにちゃんと帰っただろうか。龍山駅で車窓ごしに見た長髪の面影が、まだ目に焼きついている。

最後に彼の筆になるダダ詩三篇を紹介すると、以下の通り。

○

私を二十日分あなたに上げよう
深山大海のヌーボーを教えて下され

×

人生は熱い風の吹く所だ
神は樹木だ
僕は不満である
幸福は女の鼻毛に二三本
混じっていた

×

飛行機が昨日俺の顎の下を
通った

×
鶏鳥の目の小ささよ
私は煙草の吸殻を飲んで了うた
○
冬と健康があれば夏はいらない
鰯も鮭も要らないと漁師の息子は
申しました
×
眠そうな船長さん
魚の夢を覚さないで下さい
此の島に井戸でも掘って休みませんか
○
皿皿皿皿皿皿皿皿皿皿皿皿皿皿皿皿皿皿皿皿皿
倦怠
　額に蚯蚓這う情熱
白米色のエプロンで皿を拭くな
　鼻の巣の黒い女
其処にも諧謔が燻すぶっている

人生を水に溶かせ
冷めたシチューの鍋に退屈が浮く
皿を割れ
皿を割れば
倦怠の響が出る

（『開闢』一九二四年十月号）

3　DADA

高ダダ

ダダでないものはすべてダダだ。矛盾を愛することのできる人は誰でもダダになれるはずだ。太陽の光球をなめてみたことがないように、自分はこの世に生まれたことがないのだ、と宣言する、或るダダイストもダダだ。超絶的沈黙を守り放擲の独歩を継続する者もダダなのだ。
しかし鼻でも匂いのない騒音を嗅ぐことのできない者はダダになることはできないであろう。

×

一千万年後に人としてダダイストでない人がいなくなる時代があると予想して、その時の人々が各自それぞれつかんだダダを総合してみてもそれがダダではなかっただろうと断言する。そのように線ではなく点であるのでダダの個体は多数である。

無と無限に恐怖を覚える脳をもってしては考えることのできないDA・DAなのだ。ダダは遍在でも実在でもない。

僕は哲学がいかなるものであるかを知らない者だがDA・DAの第六感によって、制限された哲学の限界を認識することはできるのである。小脳派は‖‖し、虚脳派は‖——ああ、文芸はムシロで哲学は歯痛だ。

×

ある人は虚無に何があるのかと言うが、ひどく皮が汚れているからそんなことを言うのだ。そんな隙間にぴったり入って座っているのもそれなりにおもしろいが、DA・DAと虚無を対比して言う奴まで笑い飛ばしてしまうのも、それなりにおもしろいところだ。

×

だが反抗するためのダダではない。否定するためのダダではない。絶望ではない絶望から、幸福ではない幸福に飛び込んでただ軌道のない道をひとり歩いてゆくだけだ。いつも狂的でいつも一筋というわけではない。空は曇りもするし晴れもする。雨が降り風が吹く。どのように生きるべきか考えるな——しかし実のところ、ダダほどくたびれるまで考える者もいないだろう。考えあぐねた末にそんなことを言うのである。

しかしそれは絶望した胸の中で死にゆく声として浮かび上がるものではない。新たに爆発して力強い炎に焦がされた声なのだ。

×

高橋新吉は避けられぬ傑作だ……日本の芸術史上、ずばぬけた個性の持ち主であります……という春夫の言葉〔『ダダイスト新吉の詩』の冒頭に掲げられた佐藤春夫「高橋新吉のこと」の末尾に「彼は明治大正を通じて芸術至上に於ける著しく特異な個性である。沢山のゴマカシもののなかで彼はかけらになって燦然としている。〔……〕彼には見る人にだけ見える暗示がある」とある〕もどうも少し気に食わないが、ともかく多種多方面の性格を持ったやつだ。彼は極めて真面目な態度と誰もあえて抗えぬ力と自覚に輝く眼光、日焼けしてひび割れした顔、しかしそれに似合わず天真爛漫な笑顔とよろよろした歩き方に、ダダ的発作が起こるたびに上げるドラ声。それらが渾然一体となり、人間のタイプを脱した、それこそ……DA・DAなのだ。ダダの目からすると、それこそが人間本来の姿である。皮を被せられただけの存在であることを意識できず、刹那と刹那の間の憂愁を蹂躪できるのは、改造すべき人間だ。

今まで既存のすべてを過信しすぎていた。あまりにも埋没して過ごしてきたのだ。代々伝わる遺伝病を崇拝しないなら、理論と知識に侮蔑の笑みを投げるだろう。しかしこれは自分の主観だけが自分の絶対価値だというダダ条文下に湧きあがる声だ。かといって誰かにこれを勧めることはしない。なぜならダダ自体は多量の矛盾を包含するからだ。だから矛盾を愛することができてはじめてダダイストになれる。

×

新吉は十一歳の時初恋をして、十四年間失恋し続けたという。ベアトリーチェに対するダンテに比べてみれば十四年間で断念しただけでも感心だけれど、外から見ると、十分うんざりする恋だ。しかし、それを内から見てみれば、外から見るよりもずっと、うんざりしていたはずだ。その間に悩んだのかどうしたのか、僕には分からない。彼が話す時に聞くことは聞いたが、話す彼の目からDA・DAを吸収しようとしていたので、事実の話はちっとも覚えられなかった。

×

彼は苦悶だか死亡だか何かをやりかけた時に大乗仏教の解脱《げだつ》に憧れ、伊予の出石寺に入って大蔵経を読み始めたという。そうして何万何千頁何億何万字だかを読破し、再読、三読を加え、背恩忘徳という格で仏教の解脱はせずにDA・DAの自通があったそうだ。次に出てきて、「釈尊の痼疾とアインシュタインの嫁」という題でDA・DAの講演をして、この世は〓扇子に描かれたキリストがトコロテンにラブし、オタマジャクシがアリアを歌い、キスをしたという。自分は太陽の火の玉をなめたこともないが、この世に生まれたこともないという。

×

価値は〓時代だ。新吉の詩にホラがあり、デタラメがあっても、それはダダ以外の客観下にあるのだ。ダダの眼から見ると、そうではない。

それが、それでも島清〔嶋田清次郎〕の『地上』よりたくさん出る日があるのか、ないのか。

×

大蔵経を唱えていた、湿っぽいある夜が思い出される。ある日の夕方も出かけようという〓に勝てずふらふらとした歩調に合わせて社稷《サジク》公園の中の真っ暗な林の中に入ることになった。

新吉は地面にしゃがんでお経を唱え始めた。ふざけているのか本気なのか見分けのつかないほどだったから、とにかく立って見ていると、だんだん勢いが激しくなり、気勢は実に猛烈になった。いくら揺さぶって出ようと言っても馬の耳に念仏で、どうしようもなかった。

×

しばらく滞在した時のいろいろなおもしろい話は結局ダダだけが分かるおもしろさで、第三者にはキチガイのようなものだから、これ以上話す興趣も起きないところだが、そんな新吉もとても気さくで、とてつもなくかわいい時がある。

何より彼の笑顔は作中傑作だ。その意味幽遠な笑みの表情といったら、ＤＡ・ＤＡ化した英気が現れているのが見てとれる。大笑いする時の顔はセンベイのようだが、ちょっと厳粛な気分が戻った時、一緒にいる人の前で、笑うべき何らの根拠もなしに自分一人の心の中から溢れてくる笑い、それが傑作の笑いだ。それはダダどうし互いに感じる以外、言葉で表現することのできないものである。

×

この世はダダをこねるのも、ちょっと具合の悪い世の中だ。ダダの感じるものを理解できない民衆にいちいち表現しようというのは無理であるのみならず、ダダの望むところでもない。しかし、退屈まぎれに好き勝手なことを書いてみたところで、ろくに印刷すらしてくれない世の中だ。

「目のある者は聞くであろう　耳のあるものは見るであろう」という一流辻潤君の名言を書き写したところで、「目のある者は見るであろう　耳のある者は聞くであろう」と印刷してくれる。そんなふうにしてしまうと、我々の頭に入るべき文章の味わいは、一銭分たりとも残らない。

×

例によって今はまた、ふらふらする筆がどこに向かおうとしているのか、僕も知る由がない。こんな奇怪きわまりない文章を書いていても、DA・DAの境地のありがたさに、心中では絶え間なく感謝を捧げているのだ。

×

これからはたいへん自慢になるが、朝鮮最初のダダイスト高ダダの紹介を始める。僕も、年数は少々短いけれども、長年の片思いからいわゆる苦悶の遍路に踏み出し、ハイネ、ゲーテなどセンチメンタリストの詩集を抱いて雪降る晩の北岳山《プガクサン》を一、二度越えたりはしなかったものの、振り返ってみれば、それがこんなバラックの廃墟であるとは知らなかった。しかしそれだけではない。失恋に放浪はつきものだから、その例にもれず足を踏み入れた流浪の道で、つまずく人間苦やあくびの出る社会悪に永遠性が従う矛盾の刃が、どれほどつらかったか、実に言葉にもならない。

×

最初は日本の樗牛という作家にすがりつき、いろんな人の間をやたらうろうろとしながら、感服しかけて＝＝＝＝＝、すっかり感服する前に嫌気がさしてしまった。それで次からは一つ二つと少しずつ否定しはじめ、残らずすべてのやつらに背を向けてしまうと、もう行く道がなくなってしまった。いっそ田舎の老婆にでも生まれていれば何だかんだと言うこともなく、米びつと＝で無事に暮らせるのに、ああ、どうしてどうしてと、とても苦しかった。

僕はついにどうすることもできない焦点に達した。ショーペンハウエルとかいう子供は泣く子供なので＝＝＝＝＝厭世法だけ教えてくれ、ヘーゲルという者は意地悪なことばかり言って——今は天国に行ったか、地獄に行ったか。

×

虚無主義にも少し目を向けてみたが、心安らかに落ち着けるところではなかった。以前から民族概念にはかぶりを振っていたし、社会主義は、理由は理解したけれど腹が減っていつになっても実行できそうになかった。

×

こんなふうでは、主義の展覧会にも何にもならないから、できるだけＤＡ・ＤＡをこねようと思うが、こねる必要もなくこれらすべてがダダなのだ。

僕は長い間の憂鬱から、新しい光明に飛び出した。しかしそこに色彩は少しもない。太陽の領分の中に暗黒がそびえている。扇に描かれたキリストがトコロテン氏にラブレターを送ったことにも何の異議も申し立てなくなった。万＝と無常を楽しみながら限界以外に生までひどく愛するようになった。そして次には矛盾を愛するようになった。

×

諸君は決してＤＡ・ＤＡに賛同してくれる必要はないのだ。しかしＤＡとＤＡの音に、びりびり共感する人は、どうしようもない引力によって、互いに求めるようになるだろう。

朝鮮にもまだ看板を出していないダダイストがおひと方いて、ダダ線上の因果関係に対して一考察をされているようすであるが、遠からず彼も完全に飛び出す日が来るであろうと思う。

×

日本では孤立したダダイストが少なくないらしく、最近新しく出て来た勝盛亀次郎〔勝盛亀次郎は高橋新吉と同郷の友人。「私の父は、八幡浜市の港のお宮の神主になっていた。／〔……〕勝盛亀次郎も、お宮へよく来た。勝盛は二木生村の漁師の息子で、顔にキズがあった。日本海を蟹工船に乗って、樺太の近海まで出稼ぎに行った時の苦労を彼は話した」（「ダガバジジンギヂ物語」）〕も寂しそうだ。彼は新吉に「ハナを垂らさずに駄々をこねろ」と言うクセモノで、最近は無銭徒歩旅行を始め、先月十八日山口県某所を通過中との葉書を寄こした。今頃はＤＡ・ＤＡを高唱しながら大阪城にでも到着しているだろう。

話のついでに、ほんのひとことだけ。僕の恩人である辻潤は最近、長年のデタラメな生活に利子がついて、今は寝ついているという。ＤＡ・ＤＡの恩寵のもと、彼の病が全快することを、ダダ様の名を仰ぎつつ切に願ってやまない。

×

われらの風俗はこうして、面識があるとかないとかは考慮せず、赤裸々な人間性を遺憾なく発揮し、敬語と命令によって動物の名や昆虫の名まで、その時の感情と気分にしたがって気ままに運用するのである。

×

非常に不穏当な主義だと思われる向きがいらっしゃるかも知れないが、これは決して尾行する必要のない主義であり、社会でも憎むだけの値打ちのない主義であることを宣言すると同時に、僕も象徴役所のような所に通って自分の役目を果たしつつ食べている者であることを、申し添えておく。

二四・十一・七

（一九二四年十一月十七日付『東亜日報』）

4　誤解された〈ダダ〉——金基鎮君へ

高ダダ

僕が君に対してこんな気持ちになったことを許せ。

これもまた末梢神経の病的感覚下に起こったダダの心理かも知れないが、僕は今日の全時間を君に対する憤怒で過ごすはめになった。

以前から僕は君を——愛というか、信頼というか——そう、ある程度信頼してきた。そして今ここに座っていても、ある一面では君に対する悪意を抱いていないことをはっきり感じているところだ。

しかしこの間毎紙文芸欄で君が言ったこと〔一九二四年十一月二十三日付『毎日申報』、金基鎮「本質に関して」〕のうち、実に我慢できない文言がまだ僕の脳裡から消えていないのだ。何をもって君はあのようなことを言ったのか？　君にも主観というものがあるから、よそから何のかんの言う権利はないが、ダダを批判するならもう少し全的にしてくれと言いたい。ただ悪口を言うにしても正面または表で――キチガイだの下劣な奴だの――言ってくれればまだ良い。そうでなければもう少しダダというものを理解してから言ってほしいのだ。学識で、理智上で、君が僕より優越した点があるのは素直に認めるが、DA・DAに関しては、多少なりともその方面の深く激烈な悩みがあった後にこそ、語れるのだと思う。血の煮えたぎる自分の頭の中の状況を他の人に話せない、果てしない絶望によって、それを理解する＝人の懐に顔を突っ込んで世紀が終わり宇宙が収縮するまで泣きたいほど、それぐらい悩んでみて語ることのできるのがダダなのだ。

　このように言ってしまうと、お話にもならない戯言《ざれごと》になってしまうかも知れないが、ちょっとやそっとの生の懊悩だの時代の悩みだのをもって語るのは全く及ばない。それはいわゆるダダ線上の絶望というものだ。

　紙に字を書くのはお互い気分によって書くのだから、いくら書いても構わないのだが、峠を越えるとダダイストには君の○○〔原文のママ〕が危ない意見だ。生きている全頭蓋骨を破壊できない鬱憤をもってすら熾る、あの灼熱の炎の熱にかけてみよ。ほんとうに灰も残らないだろう。

　といっても僕が今、君に害を加えようということではないが、金明淳《キムミョンスン》嬢に公開状を書いた筆をダダに向けようとするのは、何の意味もない。また君が金某とかいう女史に概念という言葉を使い間違えていると指摘していたのを見たことがあるが、そうしたやり方は、今回君の言ったこととどこが違っているのだ？

特に「本質に関して」という文の中でのことだ。一切を否定する意味において強者であり、矛盾を肯定する意味において弱者であると言っているから、ダダの心境に照らしてみるとこの言い方は、鉄の串に‖‖たようなものに他ならない。元来同化されない客観の心理をもっては批評する間隙はあり得ない。感覚をもってするのでないなら、知っていても知ることができない。言い直せば、知覚として出て来るものはゼロしかないだろう。したがっていくらダダの化身でありこのうえもなく徹底したダダイストでも、ダダというものがどういうものか分からない。ただ、その発酵するダダの雰囲気の中で若干の香気を吸収していくらかそれを体得するだけだ。

　ダダに〈イスム〉がついているからといって他の主義のように嘘の学説とのみ理解すればすむものではない。君の文章の中でダダを語った部分の最初から最後まで、それは果たしてダダを理解している人の手になる文字なのか？

　あるいはそれが冗談として書いたものなら、田舎の老婆の人生観にダダの分子を発見することができるという意味において、君がりっぱなダダイストであると言えるだろうが、あのようにあんな語調で「くわしい説明は後日にする」という態度はあまりにひどすぎると思う。

　ダダというものがどういうものか分からないと言いつつ自分はダダイストだという松都《ソンド》の禹《ウ》ダダはダダイストだとしても、君はダダを批判するだけの価値がない人間だ。

　このように言うことで君はすでに僕を敵視しているかも知れないが、僕はまだ君を愛している。ダダには対人関係に二面観があるのだ。反抗だけでは愉快な生を把持できないからである。だから一方では反抗し、一方では愛することができるぐらい、ダダの感情は自由だ。そして、気分次第でいくら書いても構わない文章というものに対してこんなふうに語ることになったのも、ときどき発作を起こす、我慢ならない熱を吐くためだと理解してくれたまえ。

（一九二四年十二月一日付『東亜日報』）

5　うおむぴくりあ

高漢容

地球の上に人の子があまりに多くなり過ぎたので、ありとあらゆる人生観があちこちに生じる。来世でいい暮らしをするために現生というものはただ年数だけ満たして過ごせばいいのだという人がいるかと思えば、地上に天国を建てようと無限に努力する人がおり、誰かさんのように厭世法を説明する低能児がいる。しかし人生観の展覧会をまとめようとすれば世界各国にある全書籍をすべて読破しなければならないだろう。そんなことは暇な人に任せるとしても、あの人生観というものを販売する奴だけは牛の背に上がる奴だ。

すべて各自の勝手なのだから販売するなと提唱して、僕の人生観をいささか披露してみようというのは、少しダダに食傷した言い草なのかも知れないが、原稿用紙と万年筆の貸借関係が生じない以上、ホラをふいても構わないのである。しかし考えてみると一方では僕の人生観は良いには良いが、一つ病弊がある。道を歩いても安心して歩けないのだ。つかつかと歩いているのに、地殻が崩れて地中に滑り落ち、地球の中心を通過して西洋の空中に出て落っこちるのではないかと猛烈に心配になる。一人でじっと座っていても、あふれる楽しさは飛去飛来し、マコー〔Macaw（コンゴウインコの意で、当時朝鮮で売られていた安い煙草の銘柄）と思われる〕のハイログラフにダダ哲学のダンスを見物することができ、単字〔単子の誤りか〕の交響楽に肩踊りを踊る宇宙は小説化することができる。

ダダとは何か。「何でもない」であり、ダダだ。どこまでも現実を肯定して生というものを愉快に享楽しようというのだ。かといってデカダンチストではなく表現派、立体派でもなくシンボリズムでもなく発狂主義でもない。「ではない」もの以外は、すべて違う。堕落した世紀末主義だというのは、ちゃんと理解して言っている言葉ではないし、退廃という言葉の上に崇高をつけるジョージ・ムーアでもない。

客観の心理をもっては、想像しようとするな。発作を味わった後でなければ本当の味を感じることはできない。

価値と意識の観念を追い出したところに新しい世界が展開するのだ。空虚な一切が眼に見えるのだ（この意識の観念は、非ダダ派には夢ですら見られないものだろう）。表現できない既存の文字と言語に対する呪詛と同じで、新しい野蛮に対する激越な憧憬だ。

軍国主義者対無政府主義者は睨視を止めよ。現存しているえげつない芸術を埋葬しろ。理智に染まった人間のタイムにかかわるな。一切を超越するところにダダの境地の驚異があるのだ。

文学の破滅に新文学を建設
分は古臭い芸術のおぞまし
ばならない。
うおむぴくりあ
十月

散し、文壇の解散に文士と文盲の種類を問わないのは本当だったが、当い顔にコールタールを塗り、のろのろ歩いてゆくのを見物していなければ「り」が抜けている」にがちゃがちゃと僕はひどい目に遭って立ち上がった。

も休まない頭中劇場の活動写真を見たことがある。

、頭の中は火の塊みたいなのに、一方、片隅は冷たいこととこの上ない。西って疾走しているようだ。

り、煙突の中を出たり入ったりしているようだったが、そのまま生き返っ病的に起こるのではない。どこまでも自分の行動を意識しつつも、あの耐なるのだ。純粋な感覚で体得した、違った種類の世界の状況を、いくら表相違で言葉が通じないため、熱い火がおこってそうなるのだ。どうしよう動に至るまでさかんに起こる苦しさは、実に言葉に尽くせない。ひどい状回ったのかというような、そこがダダの峠なのだ。

いてしまえば、ほとんど腹痛が治るみたいに素晴らしいものだ。その発作の換の心理に転換する時の快感は、性欲のそれ以上だ。

タダにイスムがつくからと言って必ずしも主義だと決めつけることはない。僕に言わせれば、自分だけが人間であり、歩き回る諸子を上っ面の皮と呼ぶことがある。たいへんな失礼をご容赦いただきたい。まあこれは冗談だが、ほんとうにダダというものは非常に新奇なものだ。ダダ以前の高ダダがニーチェの永遠輪廻説を読んだ時にも少し新奇だとは思ったが、だからと言ってそれをこれと比べては天上之落に類万不同で塗物師の同盟ストに裏山が崩れるというようなものだ。アインシュタイン博士だか酒店《しゅてん》博士だかというあの子供の相対性原理を見物した時も、物理学上の理論はちっとも分からないものの、敏感なので時間の無と空間の無限にはぞっとする恐怖を覚えたものだ。

そうはいえども、若い時の脳の中がいかに不細工であるかは話にならない。かと言って今僕が老、であるというわけではない。折れた四十に角が二、三、四個出るか出ないか〔二十二、三、四歳と意味らしい〕の青年だ。

主義者諸君は、こいつ、まだ社会悪の味を知らないから、そんなことほざいてるのだと言うないが、東京での労働者生活でさまざまな味、蓮根のような味をどれほど味わったか説明これは、僕が何かの事業に成功して苦心談を語っているわけではない。実にあれこれ

トルストイと倉田百三の‖

穴を開けたこともあ

ングの建設や海軍工廠で鉄の塊を拾ったり、書生、ボーイに加えて逓信省の手伝工見習い、そのうえ牛乳や新聞配達の‖‖をし、旗を持って薬の広告、英国皇なさった日、警官からひどい目に遭ったこともある。硬派不良少年団の巣窟間性の暴露を観察し、労働者宿泊所の倉庫で寝ていて窮屈で耐えられなくる。

‖‖的人生観を持っていた時は売淫窟生活一年半で一度も買淫せず、一

ツ橋図書館の仏露革命史の革命家になりそうでもあり、ならなさそうでもあった。不忍池のほとりでは皓々とした月の色に故国の恋人が恋しくて、転々とした流浪の生活に世の中が悲しくなってしまった。

ところが今はダダイストだ。

諸君の生活意識とエトセトラの破滅の日であることを覚悟して苦悶のある者、悲哀のある者はダダの築地に入って来い。悲哀の味も同様ではあると言うが、ダダの味ほどではない。僕も人生観を販売したくはないから絶対自由で君たちに対しているのだ。だから悪く言わないでくれ。

人の生活にはあらゆる生活が相互に交錯するものであるから、もし悪口を言ってみたい衝動を感じても正面で言ってくれというのだ。誰かのように論文を書いて罵ったりするのでなければ、快く受けるつもりだ〔金基鎮が一九二四年十一月二十三日付『毎日申報』に寄稿した「本質に関して」の中でダダを罵倒していることを受けたもの。「4　誤解された〈ダダ〉」参照〕。象徴役所にも好きで通っているのではないから、どなたかありがたいお方がおもしろい仕事を紹介してくれるなら、遠慮はしないつもりだ。震災で最後にひどい目に遭って帰ってきて入ったのがここなのだが、あまり楽しくはない。なにとぞお願い、とまでは行かなくとも、必ず〔お願いします〕、と言った方がふさわしいだろう。しかし以前の労働者生活に莫大な憧憬があるからどうなるのかは分からない。紹介すると言っても＝＝ことを覚悟ししがみつく勇者がいるのかいないのかという――こんなふうに自分の話ばかりするのを個人小説家と言うのだ。

しかし犬人小説家高ダダ氏ももう、これ以上書くのもつまらなくなった。皆さんの前でこんなことを申し上げるのは少し失礼ではあるが、僕にはこれが一種の悪戯なのだが、高ダダの芸術はもともとマコーのハイログラフにある。そして高ダダの事実はもともと現実とたがうことのない夢想にあるのだ。しかし、こんなことを言わなければ理解できないだろうから言うけれど、実は現今の人類諸子が繰り広げている——あのように時代遅れの現実とはちっとも似ていない。

（一九二四年十二月二十二日付『東亜日報』）

あとがき

高橋新吉詩集の年譜にちらりと出てくる〈高漢容〉という名前に出会ってから、数十年が経つ。この無名の人物の生涯を掘り起こそうなどと、なぜ考えたのか。ひとつには高ダダの生涯を語りつつ、辻潤や高橋新吉といった、今では忘れられかけている人物に再びスポットを当てたいという願いがあり、また、従来別々に語られてきた日本と韓国の文学シーンを、ほんの一断面ではあるものの、高ダダという人物を中心に置くことによって一つの視座から見渡してみたいという気持ちもあった。

だがそんなものは、後から考えた、もっともらしい理屈に過ぎないのだろう。

ほんとうは、秋山清が、

その夜の霧はますます深く、辻はその白い霧の中に埋もれてしまった。めずらしい春の夜霧の深さが私たちの前に立ちふさがっているようなそんな錯覚が今も私をとらえる、そんな記憶の夜だ。遠くはるかで身近なような感触とでもいってみたい。私よりも辻よりも、一番りりしい男前の高漢容は、私と並んで赤坂溜池の方に向かって無口になり、両手をポケットにつっこんで、大股で歩きながら、言った。

「辻って、さびしいやつね」

それからしばらくしてまたいった。

「もう逢いませんね」

辻とか。私とか。それは知らない。

と書いた瞬間、少し伏し目がちな高漢容の横顔を、秋山と一緒に私は見てしまったのだ。その横顔を浮き彫りにしたいがためにこの一冊を書いたと言えば、あなたは信じないだろうか。

書いている間じゅう、いろいろなダダイスト、アナキストたちの生涯や作品に接することは、無類に楽しかった。

高ダダの話は、これで終わりだ。

＊

日本のダダ全般について最初に基本的な知識を授けてくれたのは、神谷忠孝氏の『日本のダダ』です。玉川信明氏の辻潤研究は、今となってみれば事実関係の誤りも散見されますが、やはりいろいろと教えられました。高漢容の遺族、親戚の方々には、ダダ以後の高漢容に関する具体的な証言や資料をいただきましたし、卜部哲次郎の資料を収集して本にまとめようと奮闘している大竹功氏と、ト部と菊村澄子の遺児である和子さんには、菊村家関連の情報を提供していただきました。そして、この本の出版を助けて下さった平凡社の松井純さんと、細部にまで気を配って有益な助言をくれた編集の竹内耕太さん、この本には直接関係ないけれど、いつも出版界の最新情報をもたらしてくれる立川読書倶楽部の皆様など、助けて下さったすべての皆様に、お礼を申し上げます。

吉川　凪

二〇一四年六月　梅雨の晴れ間に

高漢容年譜

一九〇三（明治三十六）年　満〇歳

七月二十三日　（おそらくは開城《ケソン》において）父高錫厚《ソクフ》（一八五九―？）と母金姫慶《キムヒギョン》（一八六四―？）の次男として出生。幼名は栄福《ヨンボク》、字《あざな》は和卿《ファギョン》、本貫《ほんがん》は済州高氏。兄弟は兄漢徹《ハンチョル》（一八八六―一九三九）、姉栄玉《ヨンオク》（一八八九―？）と英姫《ヨンヒ》（一八九二―一九七四）がいた。

入学時期は特定できないが、普通学校卒業後、開城の松都高等普通学校に進学、さらにソウルの養正高等普通学校に転校して開城から電車通学した。

一九一九（大正八）年　満十五―十六歳

三月　開城でも松都高普などキリスト教系の学校に通う男女学生が三・一運動に参加した。三・一運動後はどの学校もしばらく休校し、九月には授業を再開したものの同盟休学が頻繁に起こった。この時点で高漢容が松都高普と養正高普のどちらに通っていたのかは分からない。

一九二〇（大正九）年　満十六―十七歳

四月　『麗光《ヨグァン》』創刊。

六月　『麗光』二号に高漢容の名が〈外交部員〉として登場。

一九二一（大正十）年　満十七―十八歳

高普は卒業せず、この年、あるいは前年に東京に渡る。

四月　東京神田三崎町の日本大学法文学部内に美学科（後に芸術科と改称。芸術学部の前身）が設置される。高漢容は選科に入学したと思われる。

一九二二（大正十一）年　満十八―十九歳

四月　日本大学美学科に昇曙夢のロシア文学講座が新設され、高漢容はロシア文学を専攻。

十二月二十二日付『読売新聞』に高橋新吉発狂の記事。

一九二三（大正十二）年　満十九―二十歳

二月　高橋新吉『ダダイスト新吉の詩』刊行。

四月　朴烈《バクヨル》、黒友会とは別に不逞社結成。

七月　栗原一男、不逞社に加入。

九月一日　関東大震災により日本大学のほとんどの施設は焼失し、高漢容も帰国。

九月三日　朴烈、金子文子連行される。九月下旬から十月中旬にかけて不逞社のメンバーも検挙され始め、計十六人が拘束される。

一九二四（大正十三）年　満二十―二十一歳

九月十六日　大杉栄、伊藤野枝虐殺される。
七月　辻潤『ですぺら』刊行。
この夏ごろ、開城から両親、甥とともに京城へ転居。京城府庁に勤務。
『開闢』九月号「ダダイスム」
九月一日　高橋新吉が朝鮮に遊びに来て高漢容の家に滞在する。
十月　『開闢』十月号「ソウルにやって来たダダイストの話」
十一月　朝鮮の商業誌『新女性』十一月号に外国の童話「ボーラの花の枝」を訳載。
十一月十七日付『東亜日報』「DADA」（高ダダ）
十二月一日付『東亜日報』「誤解された〈ダダ〉――金基鎮君へ」（高ダダ）
十二月一日『ワシラノシンブン』十号「男性に反逆する女性の方へ」（日本語）
十二月二十二日付『東亜日報』「うおむぴくりあ」（高ダダ）
十二月二十八日　高漢容の招待を受け、辻潤が朝鮮旅行。

一九二五（大正十四）年　満二十一―二十二歳

三月十日　〈ゴロニャ〉（岡本潤の開いたおでん屋。小島キヨが働いた）訪問。無銭旅行で下関から東京に戻ってきたようだ。この頃〈カマタホテル〉で菊村雪子と出会ったものと思われる。

三月十五日『解放新聞』（『ワシラノシンブン』の後身）十九号「北の国より」（日本語）

この頃から秋山清の家がアナキスト的傾向を持つ文学青年たちのコミューンと化し、高漢容も出入りする。

五月　朴烈、金子文子が大逆罪で起訴される。

この年の終わりまでには朝鮮のダダが終焉を迎えた。


一九二六（大正十五、昭和一）年　満二十二―二十三歳

三月二十一日　石井漠京城公演の際、崔承喜《チェスンヒ》が入門を志願。
三月二十五日　朴烈、金子文子に死刑判決。
四月五日　朴烈、金子文子恩赦で無期懲役に減刑。両者とも恩赦を拒否し、文子は七月に獄中で死亡、朴烈は終戦後まで収監。
四月　秋山清とともに創刊号が出たばかりの雑誌『虚無思想』編集部に辻を訪問（〈三国同盟〉）。

「高山慶太郎」というペンネームを秋山に贈り、雪子のいる宮崎県延岡に徒歩で向かう。『宮崎日日新聞』に就職。

一九二七（昭和二）年　満二十三―二十四歳

一月一日　秋山清と斎藤峻《たかし》が宮崎に行き、入院中の高漢容を見舞う。

一月　金《キム》ニコライ（朴八陽《パクパリャン》＝金麗水）が詩「輪転機と四階建ての家」の中で「高ダダ、方ダダ、崔ダダ、生きているのか死んでいるのか　寂々無聞」と書く。

この年に京城に帰ったかと思われる。兄の住所は京城府楼下洞《ヌハドン》の一五九だったらしい（高英明《ヨンミョン》の出生地から推定）。ここに同居したかも知れない。

一九二八（昭和三）年　満二十四―二十五歳

兄が長湖院に引っ越した。高漢容も一緒だったと思われる。この時、両親が生存していたのかは分からない。

一九三二（昭和七）年　満二十八―二十九歳

雪子の母リョウが病身の雪子を世話するため上京。その家を、高漢容が雪子の見舞いに訪れる。

十月十三日、雪子が東京都板橋区練馬南町一丁目三五一〇番地（現在の練馬区栄町三十八番地）の自宅にて死去。

一九三三（昭和八）年　満二十九―三十歳

二月十日付『東亜日報』に「京城に本籍があり長湖院に滞在している高漢容氏が無報酬で子供たちに夜学指導に来る」との記事。

一九三六（昭和十一）年　満三十二―三十三歳

十二月七日　京城府武橋洞九十一番地に分家。

十二月二十二日　忠清南道天安郡の出で一九一〇年生まれの趙次芳女と結婚。

一九三七（昭和十二）年　満三十三―三十四歳

三月十六日　京城府鍾路六丁目七十二番地にて長男賢明《ヒョンミョン》出生。

一九三八（昭和十三）年　満三十四―三十五歳

二月一日　京城府南大門通りの聯合医学専門学校附属病院にて妻趙次芳女死亡。

一九三九（昭和十四）年　満三十五―三十六歳

二月四日　京城府城北町四十六番地の二十二において長男賢明死亡。

六月五日　開城府高麗町の文漢周の娘文泰姫《ムンテヒ》と結婚。

七月二十日　亜細亜貿易公司設立。本店京城府南大門通一丁目二十二番地（自宅住所と同じ）、高麗人参などの販売、塗装請負業、代表社員尚豊植、高漢容。社員黄今鳳、文泰姫。

九月二日　正式に高漢容と改名。
九月二十日　兄漢徹が長湖院で死亡。
九月二十八日　京城府鍾路六丁目七十一番地東大門婦人病院にて次男俊明《ジュンミョン》出生。

一九四〇（昭和十五）年
満三十六—三十七歳

高漢容は高山嵩久、文泰姫は高山愛子と創氏改名。

一九四三（昭和十八）年
満三十九—四十歳

この頃、東京・青山に住んでいた菊村家を訪ね、リョウとその内弟子を連れて日光に遊ぶ。
秋ごろ、京城府東大門敦岩町一七六の二十四に移転。

一九四四（昭和十九）年
満四十—四十一歳

二月二十三日　敦岩町にて三男源明《ウォンミョン》出生。
十一月二十四日　辻潤が新宿のアパートで孤独死しているのが発見される。

一九四五（昭和二十）年
満四十一—四十二歳

三和物産株式会社取締役に就任。
解放（日本の敗戦）直後、三興織造という繊維工場を経営。三年続く。甥の高英明《コヨンミョン》も働いていた。

一九四六（昭和二十一）年
満四十二—四十三歳

六月二十八日　敦岩町にて長女明珍《ミョンジン》出生。

一九四八（昭和二十三）年
満四十四—四十五歳

繊維工場失敗。この頃、忠清北道椒井でサイダー工場を経営。当初の経営は比較的順調だったが、やがてライバル会社との競争に負けて一九五三年ごろ工場を手放す。
四月五日　敦岩洞にて次女昌珍《チャンジン》出生。

一九五〇（昭和二十五）年
満四十六—四十七歳

朝鮮戦争の戦禍を避けて忠清北道に疎開。

一九五二（昭和二十七）年
満四十八—四十九歳

八月三十日　忠清北道清原郡北面椒井里八十一番地にて四男健明《コンミョン》出生。

一九五四（昭和二十九）年
満五十—五十一歳

遺族によると、葛弘基の推薦で「中央庁公報部大韓映画製作所所長」（正確には公報処公報局映画課か？）を務め、甥の李慶在も就職させた。アメリカ軍とともに戦争映画『不死鳥の丘』を製作。

一九五七（昭和三十二）年

鉱山に手を出して失敗。財産の大半を失う。

満五十三—五十四歳	
一九六〇（昭和三十五）年　満五十六—五十七歳	この頃から肥料、飼料を独学で研究し特許も得た。特許を買い取りたいという人もいたが、売らなかった。事業には至らなかったものの研究は死ぬまで続いた。
一九六八（昭和四十三）年　満六十四—六十五歳	十月二十四日　次男俊明が事故死。軍医だった。
一九七四（昭和四十九）年　満七十—七十一歳	一月十八日　平壌で朴烈死去。
	二月八日　ソウルの明洞ＹＷＣＡにおいて朴烈追悼会が行われ、一千名が参列した。東京から栗原一男が参加し、高漢容の友人韓吉に会って昔の友人たちの消息を交換した。栗原も韓も不逞社同人であった。
	二月十九日　高橋新吉に手紙を送る。
	三月十一日　高橋から来た返事に返信。
一九八一（昭和五十六）年　満七十七—七十八歳	六月二十二日　栗原一男死去。
一九八三（昭和五十八）年　満七十九—八十歳	十月二十三日　高漢容老衰にて死去。享年八十。
一九八七（昭和六十二）年	六月五日　高橋新吉死去。
一九八八（昭和六十三）年	十一月十四日　秋山清死去。
二〇一二（平成二十四）年	三月二十八日　二番目の妻文泰姫死去。

主要参考文献

日本語文献

『秋山清著作集』全十二巻、ぱる出版、二〇〇六―〇七
秋山清『昼夜なく――アナキスト詩人の青春』筑摩書房、一九八六
『新井徹の全仕事――内野健児時代を含む抵抗の詩と評』新井徹著作刊行委員会、一九八三
安載成『京城トロイカ』吉澤文寿・迫田英文訳、同時代社、二〇〇六
飯沼二郎、姜在彦編『植民地期朝鮮の社会と抵抗』未來社、一九八二
『生田春月全集』四、五巻、新潮社、一九三〇、三一
石井歓『舞踊詩人　石井漠』未來社、一九九四
石井漠『私の顔』モダン日本社、一九四〇
『伊藤野枝全集』上、学芸書林、一九七七
猪瀬直樹『こころの王国――菊池寛と文藝春秋の誕生』文藝春秋、二〇〇四
『大泉黒石全集』全九巻、造型社、一九八八
『大分合同新聞社百年史』大分合同新聞社、一九九一
大澤正道編「大杉栄集」、『近代日本思想大系』二十、筑摩書房、一九七四
『尾形亀之助全集』思潮社、一九七〇
岡田孝一『詩人秋山清の孤独』土曜美術社出版販売、一九九六
岡本嘉一『開城案内記』開城新報社、一九一一
神谷忠孝『日本のダダ』響文社、一九八七
倉橋健一『辻潤への愛――小島キヨの生涯』創樹社、一九九〇

『坂口安吾全集』十五、ちくま文庫、一九九一
佐藤みどり『人間・菊池寛』新潮社、一九六一
澤正宏編「ダダイズム」、『コレクション・モダン都市文化』二十八、ゆまに書房、二〇〇七
正津勉『小説尾形亀之助――窮死詩人伝』河出書房新社、二〇〇七
白石基康『開城市街図』元山府（朝鮮）、白楊舎、一九二六
鈴木貞美編『プロレタリア群像』平凡社、一九九〇
『瀬戸内寂聴全集』十九、新潮社、二〇〇二
瀬戸内寂聴『美は乱調にあり／諧調は偽りなり』文藝春秋、一九八九
善生永助『朝鮮人の商業』京城：朝鮮総督府、一九二五
竹内洋『立志・苦学・出世――受験生の社会史』講談社現代新書、一九九一
玉川信明『エコール・ド・パリの日本人野郎――松尾邦之助交遊録』社会評論社、二〇〇五
――『大正アウトロー奇譚』社会評論社、二〇〇六
――『ダダイスト辻潤』論創社、一九八四
――編『辻潤選集』五月書房、一九八一
高木護編『辻潤全集』全八巻、五月書房、一九八二
高橋新吉『愚行集』山雅房、一九四一
『高橋新吉全集』全四巻、青土社、一九八二
『高橋新吉詩集』思潮社現代詩文庫、一九八五
武林無想庵「文明病患者」、『現代日本文学全集』七十、筑摩書房、一九五七
朝鮮憲兵隊司令部編『朝鮮三・一独立騒擾事件――概況・思想及運動』復刻版、巌南堂書店、一九六九
トリスタン・ツァラ『七つのダダ宣言』宮原庸太郎訳、書肆山田、二〇一〇
中野嘉一『前衛詩運動史の研究』沖積舎、二〇〇三
仲村修編訳『韓国・朝鮮児童文学評論集』明石書店、一九九七
西田勝他編『宮嶋資夫著作集』四、慶友社、一九八三
西木正明『夢幻の山旅』中公文庫、一九九九

日本新聞協会『地方別日本新聞史』日本新聞協会、一九五六
『日本大学芸術学部五十年史』日本大学芸術学部、一九七二
『日本大学七十年略史』日本大学、一九五九
『日本大学百年史』全五巻、一九九七―二〇〇六
『野上弥生子全集』三、岩波書店、一九八〇
『萩原朔太郎全集』九、筑摩書房、一九八七
朴慶植『朝鮮三・一独立運動』平凡社選書、一九七六
『平塚らいてう著作集』五、大月書店、一九八四
保昌正夫『牧野英二』エディトリアルデザイン研究所、一九九七
松尾邦之助編『虚無思想研究』三、星光書院、一九四九
――編『ニヒリスト――辻潤の思想と生涯』オリオン出版社、一九六七
――『巴里物語』社会評論社、二〇一〇
松尾季子『辻潤の思い出』、『虚無思想研究』編集委員会、一九八七
松原寛伝刊行委員会編『松原寛』日本大学芸術学部、一九七二
宮崎日日新聞社編『若山牧水』鉱脈社、一九八五
村山知義『演劇的自叙伝』二、東邦出版社、一九七一
――『現在の芸術と未来の芸術』長隆舎書店、一九二四
森まゆみ『『青鞜』の冒険――女が集まって雑誌をつくるということ』平凡社、二〇一三
森口多里「近代美術十二講」(抄)、『海外新興芸術論叢書』刊本篇第四巻、ゆまに書房、二〇〇三
森山重雄『評伝宮嶋資夫――文学的アナキストの生と死』三一書房、一九八四
矢野寛治『伊藤野枝と代準介』弦書房、二〇一二
山崎駿二編『開城郡面誌』開城(朝鮮)、開城図書館、一九二六
山本夏彦『無想庵物語』文藝春秋、一九八九
吉行和子他編『吉行エイスケとその時代――モダン都市の光と影』東京四季出版、一九九七
吉行淳之介『詩とダダと私と』作品社、一九九七

――『スラプスティック式交遊記』角川書店、一九七四
――『私の文学放浪』角川文庫、一九七五
廉想渉『万歳前』白川豊訳、勉誠出版、二〇〇三
小松隆二編「アナーキズム」、『続 現代史資料』三、みすず書房、二〇〇四
「苦学・独学論」、『近代日本青年期教育叢書第四期』六、七巻、日本図書センター、一九九二

雑誌等

『虚無思想研究』虚無思想研究編集委員会、一九八一―
『耕人』一九二四年十一月号、一九二五年一月一日号、大田市本町（朝鮮）、耕人社
『日大新聞』一九二三年
高橋喜久子「高橋新吉覚え書」、『現代詩手帖』一九八九年二月号―九〇年七月号
藤沢桓夫「芽」、『改造』一九三一年三月号
馬海松「朝鮮に叫ぶひとびと」、『文藝春秋』一九五三年三月号

論文

善生永助「開城の商人と商業慣習」、『朝鮮学報』四十六、一九六八
裵姈美「一九二〇年代における在日朝鮮人留学生に関する研究」、一橋大学博士論文、二〇一〇
金基旺「一九二〇年代在日朝鮮留学生の民族運動」、大阪教育大学『歴史研究』三十四、一九九七
呉英珍「内野健児と朝鮮」、『社会文学』二十四、不二出版、二〇〇六

韓国語文献

『松都学園百年史』仁川：松都学園、松都中高等学校同窓会、二〇〇六
馬海松『아름다운 새벽』서울：문학과지성사、二〇〇〇
김명섭『한국 아나키스트들의 독립운동』서울、이학사、二〇〇八

한국아동문학인협회『마해송의 삶과 문학』한국아동문학인협회、二〇〇五
『養正五十年史』서울：養正学園、一九九三
『朝鮮年鑑』一九四八年版、서울：朝鮮通信社、一九四七
李鳳九『明洞』서울：三中堂、一九六七

雑誌記事

김화산「악마도」、『조선문단』十九、一九二七年二月（제四권 二호）
朴春坡「日本 東京에 留學하는 우리 형제의 現況을 들어써」、『개벽』九、一九二一년 三월
박달성「內外面으로 觀한 開城의 眞相」、『개벽』二十七、一九二二년 九월

論文

이경돈「동인지『여광』의 문학과 정체성의 공간」、『한중인문학연구』二十六、二〇〇九
유문선「총독부 사법관리의 아나키즘문학론——김화산의 삶과 문학운동」、『한국현대문학연구』十八、二〇〇五